JN120234

泉鏡花きのこ文学集成

飯沢耕太郎編

作品社

泉鏡花きのこ文学集成

目次

化鳥

第一

愉快いな、愉快いな、お天気が悪くって、外へ出て遊べなくっても可や。笠を着て蓑を着て、雨の降るなかを、びしょびしょ濡れながら、橋の上を渡って行くのは猪だ。

菅笠を目深に冠って澍に濡れまいと思って向風に俯向いてるから顔も見えない。着て居る蓑の裾が引摺って長いから、脚も見えないで歩行いて行く。背の高さは五尺ばかりあろうかな、猪子にしては大なものよ、大方猪ン中の王様が彼様三角形の冠を被て、市へ出て来て、而して、私の母様の橋の上を通るのであろう。

トこう思って見て居ると愉快い、愉快い、愉快い。

寒い日の朝、雨の降ってる時、私の小さな時分、何日でしたっけ、窓から顔を出して見て居ました。

「母様、愉快いものが歩行いて行くよ」

爾時母様は、私の手袋を拵えて居て下すって、

「然うかい、何が通りました」

「あのウ猪」

「そう」と言って笑って居らしゃる。

「ありゃ猪だねえ、猪の王様だねえ。

母様。だって、大いんだもの、そして三角形の冠を被て居ました。然うだけれども、王様だけれども、雨が降るからねえ、びしょ濡れになって、可哀想だったよ」

母様は顔をあげて、此方をお向きで、

「吹込みますから、お前も此方へおいで、そんなにして居ると、衣服が濡れますよ」

「戸を閉めよう、母様、ね、ここん処の」

「いいえ、そうしてあけて置かないと、お客様が通っても橋銭を置いて行ってくれません。ずるいからね、引籠って誰も見て居ないと、そそくさ通抜けてしまいますもの」

私は其時分は何にも知らないで居たけれども、母様と二人ぐらしは、この橋銭で立って行ったので、一人前幾干宛取って渡しました。

橋のあったのは、市を少し離れた処で、堤防に松の木が並んで植わって居て、橋の袂に榎の樹が一本、時雨榎とか言うのであった。

此榎の下に、箱のような、小さな、番小屋を建てて、其処に母様と二人で住んで居たので、橋は粗造な、宛然、間に合わせといったような拵え方、杭の上へ板を渡して、竹を欄干にしたばかりのもので、それでも五人や十人ぐらい一時に渡ったからッて、少し揺れはしようけれど、折れて落ちるような憂慮はないのであった。

ちょうど市の場末に住んでる日傭取、土方、人足、それから、三味線を弾いたり、太鼓を鳴らして飴を売ったりする者、越後獅子やら、猿廻やら、附木を売る者だの、唄を謡うものだの、元結よりだの、早附木の箱を内職にするものなんぞが、目貫の市へ出て行く往帰りには、是非母様の橋を通らなければならないので、百人と二百人ずつ、朝晩賑な人通りがある。

其からまた、向うから渡って来て、この橋を越して場末の穢い町を通り過ぎると、野原へ出る。そこン処は梅林で、上の山が桜の名所で、其下に桃谷というのがあって、谷間の小流には、菖蒲、燕子花が一杯咲く。頬白、山雀、雲雀などが、ばらばらになって唄って居るから、綺麗な着物を着た問屋の女だの、金満家の隠居だの、瓢を腰へ提げたり、花の枝をかついだりして千鳥足で通るのがある、それは春のことで。夏になると納冷だといって人が出る、秋は蕈狩に出懸けて来る、遊山をするのが、皆内の橋を通らねばならない。

この間も誰かと二三人づれで、学校のお師匠さんが、内の前を通って、私の顔を見たから、丁寧にお辞儀をすると、おや、といったきりで、橋銭を置かないで行ってしまった。

「ねえ、母様、先生もずるい人なんかねえ」

と窓から顔を引込ませた。

第二

「お心易立なんでしょう、でもずるいんだよ。余程そういおうかと思ったけれど、先生だというから、また、そんなことで悪く取って、お前が憎まれでもしちゃなるまいと思って黙って居ました」

といいいい母様は縫って居らっしゃる。

　お膝の前に落ちて居た、一ツの方の手袋の格恰が出来たのを、私は手に取って、掌にあてて見たり、甲の上へ乗ッけて見たり。

「母様、先生はね、それでなくっても僕のことを可愛がっちゃあ下さらないの」

と訴えるようにいいました。

　恁ういった時に、学校で何だか知らないけれど、私がものをいっても、快く返事をおしでなかったり、拗ねたような、けんどんなような、おもしろくない言をおかけなのを、いつでも、情ないと思い思いして居たのを考え出して、少し鬱いで来て俯向いた。

「何故さ」

何そういう様子の見えるのは、四五日前からで、其前には些少もこんなことはありはしなかった。帰って母様にそういって、何故だか聞いて見ようと思ったんだ。

けれど、番小屋へ入ると直飛出して遊んであるいて、帰ると、御飯を食べて、そしちゃあ横になって、母様の気高い、美しい、頼母しい、温当な、そして少し痩せておいでの、髪を束ねてしっとりして居らっしゃる顔を見て、何か談話をしいしい、ばっちりと眼をあいてるつもりなのが、いつか其まんまで寝てしまって、眼がさめると、また直支度を済まして、学校へ行くんだもの。そんなことをいってる隙がなかったのが、雨で閉籠って、淋しいので思い出した、序だから聞いたので、

「何故だって、何なの、此間ねえ、先生が修身のお談話をしてね、人は何だから、世の中に一番えらいものだって、そういったの。母様違ってるわねえ」

「むむ」

「ねッ違ってるね、母様」

と揉くちゃにしたので、吃驚して、びったり手をついて畳の上で、手袋をのした。横に皺が寄ったから、引張って、

「だから僕、そういったんだ、いいえ、あの、先生、そうではないの、人も、猫も、犬も、それから熊も、皆おんなじ動物だって」

「何とおっしゃったね」

「馬鹿なことをおっしゃいって」

「そうでしょう。それから」

「それから、《だって、犬や、猫が口を利きますか、ものをいいますか》ッて、そういうの。いいます。雀だってチッチッチッチッて、母様と、父様と、児と朋達と皆で、お談話をしてるじゃあありませんか。僕眠い時、うっとりしてる時なんぞは、耳ン処に来て、チッチッチて、何かいって聞かせますのッて然ういうとね、《詰らない、そりゃ囀るんです、ものをいうのじゃあなくッて囀るの、だから何をいうんだか分りますまい》ッて聞いたよ。僕ね、あのウだってもね、先生、人だって、大勢で、皆が体操場で、てんでに何かいってるのを遠くン処で聞いて居ると、何をいってるのか些少も分らないで、ざあざあッて流れてる川の音とおんなしで僕分りませんもの。それから僕の内の橋の下を、あのウ舟漕いで

行くのが何だか唄って行くけれど、何をいうんだかやっぱり鳥が声を大きくして長く引ぱって鳴いてるのと違いませんもの。ずッと川下の方で、ほうほうッて呼んでるのは、あれは、あの、人なんか、犬なんか、分りませんもの。雀だって、四十雀だって、軒だの、榎だのに留まってないで、僕と一所に坐って話したら皆分るんだけれど、離れてるから聞こえませんの。だってソッとそばへ行って、僕、お談話しようと思うと、皆立っていってしまいますもの。でも、いまに大人になると、遠くで居ても分りますッて、小さい耳だから、沢山いろんな声が入らないのだって、母様が僕、あかさんであった時分からいいました。犬も猫も人間もおんなじだって。ねえ、母様、だねえ、母様、いまに皆分るんだね」

第三

母様は莞爾なすって、

「ああ、それで何かい、先生が腹をお立ちのかい」

そればかりではなかった。私が児心にも、アレ先生が嫌な顔をしたなト斯う思って取ったのは、まだモ少し種々なことを言いあってから、其から後の事で。

はじめは先生も笑いながら、ま、あなたが左様思って居るのなら、しばらくそうして置きましょう。けれども人間には智恵というものがあって、これには他の鳥だの、獣だのという動物が企て及ばない、ということを、私が川岸に住まって居るからって、例をあげておさとしであった。

釣をする、網を打つ、鳥をさす、皆人の智恵で。何にも知らない、分らないから、つられて、刺されて、たべられてしまうのだトこういうことだった。

そんなことは私聞かないで知って居る、朝晩見て居るもの。

橋を挟んで、川を遡ったり、流れたりして、流網をかけて魚を取るのが、川ン中に手拱かいて、ぶるぶる震えて突立ってるうちは、顔のある人間だけれど、そらと言って水に潜ると、逆になって、水潜をしいしい五分間ばかりも泳いで居る、足ばかりが見える。其足の恰好の悪さといったらない。うつくしい、金魚の泳いでる尾鰭の姿や、ぴらぴらと水銀色を輝かして刎ねてあがる鮎なんぞの立派さには全然くらべものになるのじゃあない。そうしてあんな、水浸になって、大川の中から足を出してる、そんな人間がありますものか。で、人間だと思うとおかしいけれど、川ン中から足が生えたのだと、そう思って見て居るとおもしろくッて、ちっとも嫌なことはないので、つまらない観世物を見に行くよりずっとましなのだって、母様がそうお謂いだから、私はそう思って居ますもの。

それから、釣をしてますのは、ね、先生、とまた其時先生にそういいました。あれは人間じゃあない、蕈なんで、御覧なさい。片手懐って、ぬうと立って、笠を冠ってる姿というものは、堤防の上に一本占治茸が生えたのに違いません。

夕方になって、ひょろ長い影がさして、薄暗い鼠色の立姿にでもなると、ますます占治茸で、ずっと遠い遠い処まで一ならびに、十人も三十人も、小さいのだの、大きいのだの、短いのだの、長いのだの、一番橋手前のを頭にして、さかり時は毎日五六十本も出来るので、また彼処此処に五六人ずつも一団になってるのは、千本しめじッて、くさくさに生えて居る、それは小さいのだ。木だの、草だのだと、風が吹くと動くんだけれど、蕈だから、あの、蕈だからゆっさりとしもしはせぬ。これが智恵があって釣をする人間で、些少も動かない。其間に魚は皆で優々と泳いであるいて居ますわ。

また智恵があるっても口を利かれないから、鳥とくらべッこすりゃ、五分五分のがある、それは鳥さしで。

過日見たことがありました。

他所のおじさんの鳥さしが来て、私ン処の橋の詰で、榎の下で立留まって、六本めの枝のさきに可愛い頬白が居たのを、棹でもってねらったから、あらあらッてそういったら、叱ッ、黙って、黙ってッて恐い顔をして私を睨めたから、あとじさりをして、そッと見て居ると、呼吸もしないで、じっとして、石のように黙ってしまって、こう据身になって、中空を貫くように、じりッと棹をのばして、覗ってるのに、頬白は何にも知らないで、チ、チ、チッチッてッて、おもしろそうに、何かいってしゃべって居ました。其をとうとう突いてさして取ると、棹のさきで、くるくると舞って、まだ烈しく声を出して鳴いてるのに、智恵のあるおじさんの鳥さしは、黙って、鰌掴にして、腰の袋ン中へ捻り込んで、それでもまだ黙って、ものもいわないで、のっそりいっちまったことがあったんで。

第四

頬白は智恵のある鳥さしにとられたけれど、囀ってましたもの。ものをいって居ましたもの。おじさんは黙りで、傍に見て居た私までものをいうことが出来なかったんだもの、何もくらべこして、どっちがえらいとも分りはしないって。

何でもそんなことを言ったんで、ほんとうに私そう思って居ましたから。

でも、其を先生が怒ったんではなかったらしい、で、まだまだいろんなことを言って、人間が、鳥や獣よりえらいものだと然ういっておさとしであったけれど、海ン中だの、山奥だの、私の知らない、分らない処のことばかり譬に引いていうんだから、口答は出来なかったけれど、ちっともなるほどと思われるようなことはなかった。

だって、私、母様のおっしゃること、虚言だと思いませんもの。私の母様がうそをいって聞かせますものか。

先生は同一組の小児達を三十人も四十人も一人で可愛がろうとするんだし、母様は私一人可愛んだから、何うして、先生のいうことは私を欺すんでも、母様がいってお聞かせのは、決して違ったことではない、トそう思ってるのに、先生のは、まるで母様のと違ったことというんだから、心服はされないじゃありませんか。

私が頷かないので、先生がまた、それでは、皆あなたの思ってる通りにして置きましょう。けれども木だの、草だのよりも、人間が立優った、立派なものであるということは、いかな、あなたにでも分りましょう、先ずそれを基礎にして、お談話をしようからって、聞きました。

分らない。私そうは思わなかった。

「あのウ母様、だって、先生、先生より花の方がうつくしゅうございますッて、そう謂ったの。僕、ほんとうに然う思ったの、お庭にね、ちょうど菊の花の咲いてるのが見えたから」

先生は束髪に結った、色の黒い、なりの低い巌丈な、でくでく肥った婦人の方で、私がそういうと顔を赤うした。それから急にツッケンドンなものいいおしだから、大方其が腹をお立ちの原因であろうと思う。

「母様、それで怒ったの、然うなの」

母様は合点合点をなすって、

「おお、そんなことを坊や、お前いいましたか。そりゃ御道理だ」

といって笑顔をなすったが、これは私の悪戯をして、母様のおっしゃること肯かない時、ちっとも叱らないで、恐い顔しないで、莞爾笑ってお見せの、其とかわらなかった。

そうだ。先生の怒ったのはそれに違いない。

「だって、虚言をいっちゃあなりませんって、そういつでも先生はいう癖になあ、ほんとうに僕、花の方がきれいだと思うもの。ね、母様、あのお邸の坊ちゃんの青だの、紫だの交った着物より、花の方がうつくしいって、そういうのね。だもの、先生なんざ」

「あれ、だってもね、そんなこと人の前でいうのではありません。お前と、母様のほかには、こんないいこと知ってるものはないのだから、分らない人にそんなことというと、怒られますよ。唯、ねえ、そう思って居れば可のだから、いってはなりませんよ。可かい。そして先生が腹を立ってお憎みだって、そういうけれど、何そんなことがありますものか。其は皆お前がそう思うからで、あの、雀だって餌を与って、拾ってるのを見て、嬉しそうだと思えば嬉しそうだし、頬白がおじさんにさされた時、悲しい声だと思って見れば、ひいひいいって鳴いたように聞こえたじゃないか。

それでも先生が恐い顔をしておいでなら、そんなものは見て居ないで、今お前がいった、其うつくしい菊の花を見て居たら可でしょう。ね、そして何かい、学校のお庭に咲いてるのかい」

「ああ、沢山」

「じゃあ其菊を見ようと思って学校へおいで。花はね、ものをいわないから耳に聞こえないでも、其かわり眼にはうつくしいよ」

モひとつ不平なのはお天気の悪いことで、戸外にはなかなか雨がやみそうにもない。

第五

　また顔を出して窓から川を見た。さっきは雨脚が繁くって、宛然薄墨で刷いたよう、堤防だの、石垣だの、蛇籠だの、中洲に草の生えた処だのが、点々、彼方此方に黒ずんで居て、それで湿っぽくッて、暗かったから見えなかったが、少し晴れて来たからものの濡れたのが皆見える。

　遠くの方に堤防の下の石垣の中ほどに、置物のようになって、畏って、猿が居る。

　この猿は、誰が持主というのでもない、細引の麻縄で棒杭に結えつけてあるので、あの、占治茸が、腰弁当の握飯を半分与ったり、坊ちゃんだの、乳母だのが袂の菓子を分けて与ったり、赤い着物を着て居る、みいちゃんの紅雀だの、青い羽織を着て居る吉公の目白だの、それからお邸のかなりやの姫様なんぞが、皆で、からかいに行っては、花を持たせる、手拭を被せる、水鉄砲を浴びせるという、好きな玩弄物にして、其代何でもたべるものを分けてやるので、誰といって、きまって世話をする、飼主はないのだけれど、猿の餓えることはありはしなかった。

時々悪戯をして、其紅雀の天窓の毛を挘ったり、かなりやを引掻いたりすることがあるので、あの猿松が居ては、うっかり可愛らしい小鳥を手放にして戸外へ出しては置けない、誰か見張ってでも居ないと、危険だからって、ちょいちょい縄を解いて放して遣ったことが幾度もあった。放すが疾いか、猿は方々を駆ずり廻って勝手放題な道楽をする、夜中に月が明い時寺の門を叩いたこともあったそうだし、人の庖厨へ忍び込んで、鍋の大きいのと飯櫃を大屋根へ持ってあがって、手掴で食べたこともあったそうだし、ひらひらと青い中から、紅い切のこぼれて居る、うつくしい鳥の袂を引張って、遥かに見える山を指して気絶さしたこともあったそうなり、私の覚えてからも一度誰かが、縄を切ってやったことがあった。其時はこの時雨榎の枝の両股になってる処に、仰向に寝転んで居て、烏の脛を捕えた、それから畚に入れてある、あのしめじ蕈が釣った、沙魚をぶちまけて、散々悪巫山戯をした揚句が、橋の詰の浮世床のおじさんに掴まって、額の毛を真四角に鋏まれた、それで堪忍をして追放したんだ。そうなのに夜が明けて見ると、また平時の処に棒杭にちゃんと結えてあッた、蛇籠の上の、石垣の中ほどで、上の堤防には柳の切株がある処。

またはじまった、此通りに猿をつかまえて此処へ縛っとくのは誰だろう誰だろうッて一しきり騒いだのを私は知って居る。

で、此猿には出処がある。

其は母様が御存じで、私にお話しなすッた。

八九年前のこと、私がまだ母様のお腹ん中に小さくなって居た時分なんで、正月、春のはじめのことであった。

今は唯広い世の中に母様と、やがて、私のものといったら、此番小屋と仮橋の他にはないが、其時分は此橋ほどのものは、邸の庭の中の一ツの眺望に過ぎないのであったそうで、今、市の人が春、夏、秋、冬、遊山に来る桜山も、桃谷も、あの梅林も、菖蒲の池も皆父様ので、頬白だの、目白だの、山雀だのが、この窓から堤防の岸や、柳の下や、蛇籠の上に居るのが見える、其身体の色ばかりが其である、小鳥ではない、ほんとうの可愛らしい、うつくしいのが、丁どこんな工合に、朱塗の欄干のついた二階の窓から見えたそうで、今日はまだおいいでないが、こういう雨の降って淋しい時なぞは、其時分のことをいつでもいってお聞かせだ。

第六

今ではそんな楽しい、うつくしい、花園がないかわり、前に橋銭を受取る笊の置いてある、この小さな窓から風がわりな猪だの、奇体な蕈だの、不思議な猿だの、また其他に人の顔をした鳥だの、獣だのが、いくらでも見えるから、ちっとは思出になるトいっちゃあ、アノ笑顔をおしなので、私もそう思って見る故か、人があるいて行く時、片足をあげた処は一本脚の鳥のようでおもしろい、人の笑うのを見ると獣が大きな赤い口をあけたよと思っておもしろい、みいちゃんがものをいうと、おや小鳥が囀るかトそう思っておかしいのだ。で、何でもおもしろくッておかしくッて吹出さずには居られない。

だけれど、今しがたも母様がおいいの通り、こんないいことを知ってるのは、母様と私ばかりで、何うして、みいちゃんだの、吉公だの、それから学校の女の先生なんぞに教えたって分るものか。

人に蹈まれたり、蹴られたり、後足で砂をかけられたり、苛められて責まれて、熱湯を飲ませられて、砂を浴せられて、鞭うたれて、朝から晩まで泣通しで、咽喉がかれて、血を吐いて、消えてしまいそうになってる処を、人に高見で見物されて、おもしろがられて、笑われて、慰にされて、嬉しがられて、眼が血走って、髪が動いて、唇が破れた処で、口惜しい、口惜しい、口惜しい、口惜しい、畜生め、獣めト始終そう思って、五年も八年も経たなければ、真個に分ることではない、覚えられることではないんだそうで、お亡んなすった、父様トこの母様とが聞いても身震がするような、そういう酷いめに、苦しい、痛い、苦い、辛い、惨刻なめに逢って、そうしてようようお分りになったのを、すっかり私に教えて下すったので、私はただ母ちゃん母ちゃんてッて母様の肩をつかまえたり、膝にのっかったり、針箱の引出を交ぜかえしたり、物さしをまわして見たり、縫裁の衣服を天窓から被って見たり、叱られて遁げ出したりして居て、それでちゃんと教えて頂いて、其をば覚えて分ってから、何でも鳥だの、獣だの、草だの木だの、虫だの、蕈だのに人が見えるのだから、こんなおもしろい、結構なことはない。しかし私にこういういいことを教えて下すった母様は、とそう思う時は鬱ぎました。これはちっともおもしろくなくって悲しかった、勿体ないとそう思った。

　だって母様がおろそかに聞いてはなりません。私がそれほどの思をしてようようお前に教えられるようになったんだから、うかつに聞いて居ては罰があたります。人間も鳥獣も草木も、昆虫類も、皆形こそ変って居てもおんなじほどのものだということを。

トこうおっしゃるんだから、私はいつも手をついて聞きました。

で、はじめの内は何うしても人が鳥や、獣とは思われないで、優しくされれば嬉しかった、叱られると恐かった、泣いてると可哀想だった、そしていろんなことを思った。其たびにそういって母様にきいて見るト何、皆鳥が囀ってるんだの、犬が吠えるんだの、あの、猿が歯を剥くんだの、木が身ぶるいをするんだのとちっとも違ったことはないッて、そうおっしゃるけれど、矢張そうばかりは思われないで、いじめられて泣いたり、撫でられて嬉しかったりしいしいしたのを、其都度母様に教えられて、今じゃあモウ、何とも思って居ない。

そしてまだ如何濡れては寒いだろう、冷たいだろうと、さきのように雨に濡れてびしょびしょ行くのを見ると気の毒だったり、釣をして居る人がおもしろそうだと然う思ったりなんぞしたのが、此節じゃもう唯、変な蕈だ、妙な猪の王様だと、おかしいばかりである、おもしろいばかりである、つまらないばかりである、見ッともないばかりである、馬鹿馬鹿しいばかりである、それからみいちゃんのようなのは可愛らしいのである、吉公のようなのはうつくしいのである、けれどもそれは紅雀がうつくしいのと、目白が可愛らしいのと些少も違いはせぬので、うつくしい、可愛らしい。うつくしい、可愛らしい。

第七

また憎らしいのがある、腹立たしいのも他にあるけれども其も一場合に猿が憎らしかったり、鳥が腹立たしかったりするのとかわりは無いので、詮ずれば皆おかしいばかり、矢張噴飯材料なんで、別に取留めたことがありはしなかった。

で、つまり情を動かされて、悲しむ、愁うる、楽しむ、喜ぶなどいうことは、時に因り場合に於ての母様ばかりなので。余所のものは何うであろうと些少も心には懸けないように日ましにそうなって来た。しかしこういう心になるまでには、私を教えるために毎日、毎晩、見る者、聞くものについて、母様がどんなに苦労をなすって、丁寧に親切に飽かないで、熱心に、懇に噛んで含めるようになすったかも知れはしない。だもの、何うして学校の先生をはじめ、余所のものが少々位のことで、分るものか、誰だって分りやしません。

処が母様と私とのほか知らないことをモ一人他に知ってるものがあるそうで、始終母様がいってお聞かせの、其は彼処に置物のように畏って居る、あの猿――あの猿の旧の飼主であった――老父さんの猿廻だといいます。

　さっき私がいった、猿に出処があるというのは此のことで。

まだ私が母様のお腹に居た時分だッて、そういいましたっけ。

初卯の日、母様が腰元を二人連れて、市の卯辰の方の天神様へお参ンなすって、晩方帰って居らっしゃった、ちょうど川向うの、いま猿の居る処で、堤防の上のあの柳の切株に腰かけて、猿のひかえ綱を握ったなり、俯向いて、小さくなって、肩で呼吸をして居たのが其猿廻のじいさんであった。

　大方今の紅雀の其姉さんだの、頬白の其兄さんだのであったろうと思われる、男だの、女だの七八人寄って、たかって、猿にからかってきゃあきゃあいわせて、わあわあ笑って、手を拍って、喝采して、おもしろがって、おかしがって、散々慰んで、そら菓子をやるわ、蜜柑を投げろ、餅をたべさすわッて、皆でどっさり猿に御馳走をして、暗くなるとどやどやいっちまったんだ。で、じいさんをいたわってやったものは、唯の一人もなかったといいます。

　あわれだとお思いなすって、母様がお銭を恵んで、肩掛を着せておやんなすったら、じいやさん涙を落して拝んで喜こびましたって、そうして、

《ああ、奥様、私は獣になりとうございます。あいら、皆畜生で、この猿めが夥間でござりましょう、それで、手前達の同類にものをくわせながら、人間一疋の私には目を懸けぬのでござります》トそういってあたりを睨んだ、恐らくこのじいさんは分るであろう、いや、分るまでもない、人が獣であることを言わないでも知って居ようと然ういって母様がお聞かせなすった。

　うまいこと知ってるな、じいさん。じいさんと母様と私と三人だ。其時じいさんが其まんまで控綱を其処ン処の棒杭に縛りッ放しにして猿をうっちゃって行こうとしたので、供の女中が口を出して、何うするつもりだって聞いた。母様もまた傍からまあ棄児にしては可哀想でないかッて、お聞きなすったら、じいさん、にやにやと笑ったそうで、

《はい、いえ、大丈夫でござります。人間をこうやっといたら、餓えも凍えもしようけれど、獣でござりますから今に長い目で御覧じまし、此奴はもう決してひもじい目に逢うことはござりませぬから》

ト然ういって、かさねがさね恩を謝して分れて何処へか行っちまいましたッて。

　果して猿は餓えないで居る。もう今では余程の年紀であろう。すりゃ、猿のじいさんだ。道理で功を経た、ものの分ったような、そして生まじめで、けろりとした、妙な顔をして

居るんだ。見える見える、雨の中にちょこなんと坐って居るのが手に取るように窓から見えるわ。

第八

朝晩見馴れて珍らしくもない猿だけれど、いまこんなこと考え出していろんなこと思って見ると、また殊にものなつかしい。あのおかしな顔早くいって見たいなと、そう思って、窓に手をついてのびあがって、ずっと肩まで出すと澁がかかって、眼のふちがひやりとして、冷たい風が頬を撫でた。

爾時仮橋が、がたがたいって、川面の小糠雨を掬うように吹き乱すと、流が黒くなって颯と出た。トいっしょに、向岸から橋を渡って来る、洋服を着た男がある。

橋板がまた、がッたりがッたりいって、次第に近づいて来る。鼠色の洋服で釦をはずして、胸を開けて、けばけばしゅう襟飾を出した、でっぷり紳士で、胸が小さくッて、下腹の方が図ぬけにはずんでふくれた、脚の短い、靴の大きな、帽子の高い、顔の長い、鼻の赤い、其は寒いからだ。そして大跨に、其逞い靴を片足ずつ、やりちがえにあげちゃあ歩行いて来る、靴の裏の赤いのがぽっかり、と一つずつ此方から見えるけれど、自分じゃ、其爪さきも分りはしまい。何でもあんなに腹のふくれた人は臍から下、膝から上は見たことがないのだと然ういいます。あら！　あら！　短服に靴を穿いたものが転がって来るぜと、思って、じっと見て居ると、橋のまんなかあたりへ来て、鼻眼鏡をはずした、澁がかかって曇ったと見える。

で、衣兜から半拭を出して、拭きにかかったが、蝙蝠傘を片手に持って居たから手を空けようとして、咽喉と肩のあいだへ柄を挟んで、うつむいて、珠を拭いかけた。

これは今までに幾度も私見たことのある人で、何でも小児の時は物見高いから、そら、婆さんが転んだ、花が咲いた、といって五六人人だかりのすることが、眼の及ぶ処にあれば、必ず立って見るが何処に因らずで、場所は限らない、すべて五十人以上の人が集会したなかには、必ずこの紳士の立交って居ないということはなかった。

見る時にいつも傍の人を誰か知らつかまえて、尻上りの、すました調子で、何かものをいって居なかったことは殆んど無い。それに人から聞いて居たことは嘗てないので、いつでも自分で聞かせて居る、が、聞くものがなければ独で、むむ、ふむ、といったような、承知したようなことを独言のようでなく、聞かせるようにいってる人で、母様も御存じで、彼は博士ぶりというのであるとおっしゃった。

けれども鰤ではたしかにない、あの腹のふくれた様子といったら、宛然、鮟鱇に肖て居るので、私は蔭じゃ鮟鱇博士とそういいますわ。此間も学校へ参観に来たことがある。其時も、今被って居る、高い帽子を持って居たが、何だってまたあんな度はずれの帽子を着たがるんだろう。

だって、眼鏡を拭こうとして、蝙蝠傘を頤で押えて、うつむいたと思うと、ほらほら、帽子が傾いて、重量で沈み出して、見るうちにすっぽり、赤い鼻の上へ被さるんだもの。眼鏡をはずした上へ帽子がかぶさって、眼が見えなくなったんだから驚いた。顔中帽子、唯口ばかりが、其口を赤くあけて、あわてて、顔をふりあげて、帽子を揺りあげようとしたから、蝙蝠傘がばッたり落ちた。落こちると勢よく三ツばかりくるくるとまった間に、鮟鱇博士は五ツばかりおまわりをして、手をのばすと、ひょいと横なぐれに風を受けて、斜めに飛んで、遥か川下の方へ憎らしく落着いた風でゆったりしてふわりと落ちるト忽ち矢の如くに流れ出した。

博士は片手で眼鏡を持って、片手を帽子にかけたまま烈しく、急に、殆んど数える遑がないほど靴のうらで虚空を蹈んだ、橋ががたがたと動いて鳴った。

「母様、母様、母様」

と私は足ぶみをした。

「あい」としずかに、おいなすったのが背後に聞こえる。

　窓から見たまま振向きもしないで、急込んで、

「あらあら流れるよ」

「鳥かい、獣かい」と極めて平気でいらっしゃる。

「蝙蝠なの、傘なの、あらもう見えなくなったい、ほら、ね流れっちまいました」

「蝙蝠ですと」

「ああ、落ッことしたの、可哀想に」

と思わず歎息をして呟いた。

　母様は笑を含んだお声でもって、

「廉や、それはね、雨が晴れるしらせなんだよ」

　此時猿が動いた。

第九

一廻くるりと環にまわって、前足をついて、棒杭の上へ乗って、お天気を見るのであろう、仰向いて空を見た。晴れるといまに行くよ。

母様は嘘をおっしゃらない。

博士は頻に指しをして居たが、口が利けないらしかった、で、一散に駆けて来て、黙って小屋の前を通ろうとする。

「おじさんおじさん」

と厳しく呼んでやった。追懸けて、

「橋銭を置いて去らっしゃい、おじさん」

とそういった。

「何だ！」

一通の声ではない、さっきから口が利けないで、あのふくれた腹に一杯固くなるほど詰め込み詰め込みして置いた声を、紙鉄砲ぶつようにはじきだしたものらしい。

で、赤い鼻をうつむけて、額越に睨みつけた。

「何か」と今度は鷹揚である。

私は返事をしませんかった。それは驚いたわけではない、恐かったわけではない。鮟鱇にしては少し顔がそぐわないから何にしよう、何に肖て居るだろう、この赤い鼻の高いのに、さきの方が少し垂れさがって、上唇におっかぶさってる工合といったらない、魚より獣より寧ろ鳥の嘴によく肖て居る、雀か、山雀か、そうでもない。それでもないト考えて七面鳥に思いあたった時、なまぬるい音調で、

「馬鹿め」

といいすてにして、沈んで来る帽子をゆりあげて行こうとする。

「あなた」とおっかさんが屹とした声でおっしゃって、お膝の上の糸屑を、細い、白い、指のさきで二ツ三ツはじき落して、すっと出て窓の処へお立ちなすった。

「渡をお置きなさらんではいけません」

「え、え、え」

といったが焦れったそうに、

「僕は何じゃが、うう、知らんのか」

「誰ですあなたは」と冷で。私こんなのをきくとすっきりする。眼のさきに見える気にくわないものに、水をぶっかけて、天窓から洗っておやんなさるので、いつでも恁うだ、極めていい。

鮟鱇は腹をぶくぶくさして、肩をゆすったが、衣兜から名刺を出して、笊のなかへまっすぐに恭しく置いて、

「こういうものじゃ、これじゃ、僕じゃ」

といって肩書の処を指した、恐ろしくみじかい指で、黄金の指環の太いのをはめて居る。手にも取らないで、口のなかに低声におよみなすったのが、市内衛生会委員、教育談話会幹事、生命保険会社社員、一六会会長、美術奨励会理事、大日本赤十字社社員、天野喜太郎。

「この方ですか」

「うう」といった時ふっくりした鼻のさきがふらふらして、手で、胸にかけた赤十字の徽章をはじいたあとで、

「分ったかね」

こんどはやさしい声で然ういったまま、また行きそうにする。

「いけません。お払でなきゃアあとへお帰ンなさい」とおっしゃった。先生妙な顔をしてぼんやり立ってたが少しむきになって、

「ええ、こ、細いのがないんじゃから」

「おつりを差上げましょう」

おっかさんは帯のあいだへ手をお入れ遊ばした。

第十

母様はうそをおっしゃらない、博士が橋銭をおいてにげて行くと、しばらくして雨が晴れた。橋も蛇籠も皆雨にぬれて、黒くなって、あかるい日中へ出た。榎の枝からは時々はらはらと雫が落ちる、中流へ太陽がさして、みつめて居るとまばゆいばかり。

「母様遊びに行こうや」

此時鋏をお取んなすって、

「ああ」

「ねイ、出けたって可の、晴れたんだもの」

「可けれど、廉や、お前またあんまりお猿にからかってはなりませんよ。そう可塩梅にうつくしい羽の生えた姉さんが、何時でもいるんじゃあありません。また落っこちゃうもんなら」

ちょいと見向いて、清い眼で御覧なすって、莞爾してお俯仰きで、せっせと縫って居らっしゃる。

そう、そう！　そうであった。ほら、あの、いま頰っぺたを掻いてむくむく濡れた毛からいきりをたてて日向ぼっこをして居る、憎らしいッたらない。

いまじゃ、最う半年も経ったろう、暑さの取着の晩方頃で、いつものように遊びに行って、人が天窓を撫でてやったものを、業畜、悪巫山戯をして、キッキッと歯を剝いて、引掻きそうな権幕をするから、吃驚して飛退こうとすると、前足でつかまえた、放さないから力を入れて引張り合った奮みであった。左の袂がびりびりと裂て断れて取れた、はずみをくって、蹈占めた足が、丁ど雨上りだったから、堪りはしない。石の上を辷って、ずるずると川へ落ちた。わっといった顔へ一波かぶって、呼吸をひいて仰向けに沈んだから、面くらって立とうとするとまた倒れて眼がくらんで、アッとまたいきをひいて、苦しいので手をもがいて身体を動かすと唯どぶんどぶんと沈んで行く、情ないと思ったら、内に母様の坐って居らっしゃる姿が見えたので、また勢づいたけれど、やっぱりどぶんどぶんと沈むから、何うするのかなと落着いて考えたように思う。それから何のことだろうと考えたようにも思われる、今に眼が覚めるのであろうと思ったようでもある。何だか茫乎したが俄に水ン中だと思って叫ぼうとすると水をのんだ。もう駄目だ。

　もういかんとあきらめるトタンに胸が痛かった、それから悠々と水を吸った、するとうっとりして何だか分らなくなったと思うと、潑と糸のような真赤な光線がさして、一幅あかるくなったなかにこの身体が包まれたので、ほっといきをつくと、山の端が遠く見えて、私のからだは地を放れて其頂より上の処に冷いものに抱えられて居たようで、大きなうつくしい眼が、濡髪をかぶって私の頰ん処へくっついたから、唯縋り着いてじっとして眼を眠った覚がある。夢ではない。

　やっぱり片袖なかったもの、そして川へ落こちて溺れそうだったのを救われたんだって、母様のお膝に抱かれて居て、其晩聞いたんだもの。だから夢ではない。

　一体助けて呉れたのは誰ですッて、母様に問うた。私がものを聞いて、返事に躊躇をなすったのは此時ばかりで、また、それは猪だとか、狼だとか、狐だとか、頰白だとか、山雀だとか、鮟鱇だとか、鯖だとか、蛆だとか、毛虫だとか、草だとか、竹だとか、松蕈

だとか、しめじだとかお言いでなかったのも此時ばかりで、そして顔の色をおかえなすったのも此時ばかりで、それに小さな声でおっしゃったのも此時ばかりだ。

そして母様はこうおいいであった。

〈廉や、それはね、大きな五色の翼があって天上に遊んで居るうつくしい姉さんだよ〉

第十一

〈鳥なの、母様〉とそういって其時私が聴いた。

此にも母様は少し口籠っておいでであったが、

〈鳥じゃあないよ、翼の生えた美しい姉さんだよ〉
何うしても分らんかった。うるさくいったら、しまいにゃお前には分らない、とそうおいいであったのを、また推返して聴いたら、やっぱり、
〈翼の生えたうつくしい姉さんだってば〉
それで仕方がないから聞くのはよして、見ようと思った、其うつくしい翼のはえたもの見たくなって、何処に居ます何処に居ますッて、せっツいても、知らないと、そういってばかりおいでであったが、毎日毎日あまりしつこかったもんだから、とうとう余儀なさそうなお顔色で、
〈鳥屋の前にでもいって見て来るが可〉
そんならわけはない。
小屋を出て二町ばかり行くと直坂があって、坂の下口に一軒鳥屋があるので、樹蔭も何にもない、お天気のいい時あかるいあかるい小さな店で、町家の軒ならびにあった。鸚鵡なんざ、くるッとした露のたりそうな、小さな眼で、あれで瞳が動きますね。毎日毎日行っちゃあ立って居たので、しまいにゃあ見知顔で私の顔を見て頷くようでしたっけ、でもそれじゃあない。

駒はね、丈の高い、籠ん中を下から上へ飛んで、すがって、ひょいと逆に腹を見せて熟柿の落こちるようにぽたりとおりて餌をつついて、私をばかまいつけない、ちっとも気に懸けてくれようとはしないのであった、それでもない。皆違っとる。翼の生えたうつくしい姉さんは居ないのッて、一所に立った人をつかまえちゃあ、聞いたけれど、笑うものやら、嘲けるものやら、聞かないふりをするものやら、つまらないとけなすものやら、馬鹿だというものやら、番小屋の媽々に似て此奴も何うかして居らあ、というものやら、皆獣だ。

〈翼の生えたうつくしい姉さんは居ないの〉ッて聞いた時、莞爾笑って両方から左右の手でおうように私の天窓を撫でて行った、それは一様に緋羅紗のずぼんを穿いた二人の騎兵で——聞いた時——莞爾笑って、両方から左右の手で、おうように私の天窓をなでて、そして手を引あって黙って阪をのぼって行った、長靴の音がぼっくりして、銀の剣の長いのがまっすぐに二ツならんで輝いて見えた。そればかりで、あとは皆馬鹿にした。

五日ばかり学校から帰っちゃあ其足で鳥屋の店へ行ってじっと立って奥の方の暗い棚の中で、コトコトと音をさして居る其鳥まで見覚えたけれど、翼の生えた姉さんは居ないのでぼんやりして、ぼッとして、ほんとうに少し馬鹿になったような気がしいしい、日が暮れると帰り帰りした。で、とても鳥屋には居ないものとあきらめたが、何うしても見たくッてならないので、また母様にねだって聞いた。何処に居るの、翼の生えたうつくしい人は何処に居るのッて。何とおいいでも肯分けないものだから母様が、

〈それでは林へでも、裏の田畝へでも行って見ておいで。何故ッて天上に遊んで居るんだから籠の中に居ないのかも知れないよ〉

それから私、あの、梅林のある処に参りました。

あの桜山と、桃谷と、菖蒲の池とある処で。

しかし其は唯青葉ばかりで菖蒲の短いのがむらがってて、水の色の黒い時分、此処へも二日、三日続けて行きましたっけ、小鳥は見つからなかった。鳥が沢山居た。あれが、かあかあ鳴いて一しきりして静まると其姿の見えなくなるのは、大方其翼で、日の光をかくしてしまうのでしょう、大きな翼だ、まことに大い翼だけれども、其ではない。

第十二

日が暮れかかると彼方に一ならび、此方に一ならび縦横になって、梅の樹が飛々に暗

くなる。枝々のなかの水田の水がどんよりして淀んで居るのに際立って真白に見えるのは鷺だった、二羽一処にト三羽一処にト居てそして一羽が六尺ばかり空へ斜に足から糸のように水を引いて立ってあがったが音がなかった、それでもない。

蛙が一斉に鳴きはじめる。森が暗くなって、山が見えなくなった。

宵月の頃だったのに、曇てたので、星も見えないで、陰々として一面にものの色が灰のようにうるんであった、蛙がしきりになく。

仰いで高い処に朱の欄干のついた窓があって、そこが母様のうちだったと聞く、仰いで高い処に朱の欄干のついた窓があってそこから顔を出す、其顔が自分の顔であったんだろうにトそう思いながら破れた垣の穴ん処に腰をかけてぼんやりして居た。

いつでもあの翼の生えたうつくしい人をたずねあぐむ、其昼のうち精神の疲労ないうちは可んだけれど、度が過ぎて、そんなに晩くなると、いつもこう滅入ってしまって、何だか、人に離れたような世間に遠ざかったような気がするので、心細くもあり、裏悲しくもあり、覚束ないようでもあり、恐ろしいようでもある、嫌な心持だ、嫌な心持だ。

早く帰ろうとしたけれど気が重くなって其癖神経は鋭くなって、それで居てひとりでにあくびが出た。あれ！

赤い口をあいたんだなと、自分でそうおもって、吃驚した。

　ぼんやりした梅の枝が手をのばして立ってるようだ。あたりを眴すと真くらで、遠くの方で、ほう、ほうッて、呼ぶのは何だろう。冴えた通る声で野末を押ひろげるように、啼く、トントントントントンと谺にあたるような響きが遠くから来るように聞こえる鳥の声は、梟であった。

　一ツでない。

　二ツも三ツも。私に何を談すのだろう、私に何を談すのだろう、鳥がものをいうと慄然として身の毛が慄立った。

　ほんとうに其晩ほど恐かったことはない。

　蛙の声がますます高くなる、これはまた仰山な、何百、何うして幾千と居て鳴いてるので、幾千の蛙が一ツ一ツ眼があって、口があって、足があって、身体があって、水ン中に居て、そして声を出すのだ。一ツ一ツ、トわなないた。寒くなった。風が少し出て樹がゆっさり動いた。

　蛙の声がますます高くなる、居ても立っても居られなくッて、そっと動き出した、身体が何うにかなってるようで、すっと立ち切れないで蹲った、裙が足にくるまって、帯が少し弛んで、胸があいて、うつむいたまま天窓がすわった。ものがぼんやり見える。見えるのは眼だトまたふるえた。

ふるえながら、そっと、大事に、内証で、手首をすくめて、自分の身体を見ようと思って、左右へ袖をひらいた時もう思わずキャッと叫んだ。だって私が鳥のように見えたんですもの。何んなに恐かったろう。

此時背後から母様がしっかり抱いて下さらなかったら、私何うしたんだか知れません。其はおそくなったから見に来て下すったんで、泣くことさえ出来なかったのが、「母様！」といって離れまいと思って、しっかり、しっかり、しっかり襟ん処へかじりついて仰向いてお顔を見た時、フット気が着いた。

何うもそうらしい、翼の生えたうつくしい人は何うも母様であるらしい。もう鳥屋には行くまい、わけてもこの恐い処へと、其後ふっつり。

しかし何うしても何う見ても母様にうつくしい五色の翼が生えちゃあ居ないから、またそうではなく、他にそんな人が居るのかも知れない、何うしても判然しないで疑われる。

雨も晴れたり、ちょうど石原も辷るだろう。母様はああおっしゃるけれど、故とあの猿にぶつかって、また川へ落ちて見ようか不知。そうすりゃまた引上げて下さるだろう。見たいな！　翼の生えたうつくしい姉さん。だけれども、まあ、可、母様が居らっしゃるから、母様が居らっしゃったから。

清心庵

山の井

米と塩とは尼君が市に出で行きたまうとて、庵に残したまいたれば、摩耶も予も餓ることなかるべし。固より山中の孤家なり。甘きものも酢きものも摩耶は欲しからずという、予もまた同じきなり。柄長く、椎の葉ばかりなる鎌の小きを腰にしつ。籠をば糸つけて肩に懸け、袷短に草履穿きたり。かくてわれ庵を出でしは、午の時過ぐる比なりき。麓に遠き市人は、東雲よりするもあり。まだ夜明けざるに来るあり。芝茸、松茸、占治、松露など小笹の蔭、芝の中、雑木の奥、谷間に、いと多き山なれど、狩る人の数もまた多し。

　昨日一昨日雨降りて、山の地湿りたれば、茸の獲物然こそとて、朝霧の晴れもあえぬに、人影山に入乱れつ。いまは早や朽葉の下をもあさりたらん。五七人、三五人、出盛りたるが断続して、群れては坂を帰りゆくに、いかにわれ山の庵に馴れて、あたりの地味にくわしとて、何ほどのものか獲らるべき。

米と塩とは貯えたり。筧の水はいと清ければ、たとい木の実一個獲ずもあれ、摩耶も予も餓うることなかるべし。甘きものも酢きものも渠はたえて欲しからずという。

　されば予が茸狩らんとて来りしも、毒なき、味の甘きを獲て、煮て食わんとするにはあらず。姿のおもしろき色のうつくしきを、取りて帰りて、見せて楽ませんと思いしのみ。

「爺や、この茸は毒なんか」

「え、お前様、其奴あ、うっかりしようもんなら殺られますぜ。紅茸といってね、見ると綺麗でさ。それ、表は紅を流したようで、裏はハア真白で、茸の中じゃ一番うつくしいんだけんど、食べられましねえ。あぶれた手合が欲しそうに見ちゃ指をくわえる奴でね、そいつばッかりゃ塩を浴びせたって埒明きませぬじゃ、おッぽり出してしまわっせえよ。はい」

といいかけて、行かんとしたる、山番の爺は、われらが庵を五六町隔てたる、山寺の下に小屋かけて、唯一人住みたるなり。

風吹けば倒れ、雨露に朽ちて卒都婆は絶えてあらざれど、傾きたるまま、苔蒸すままに、共有地の墓いまなお残りて、松の蔭の処々に数多く、春夏冬は人もこそ訪わね、于蘭盆にはさすがに詣で来る縁者もあるを、いやが上に荒れ果てさして、霊地の跡を空ゅうせじとて、心ある市の者より、田畠少し附属して養い置く。山番の爺は顔円く、色煤びて、眼は窪み、鼻円く、眉は白くなりて針金の如きが五六本短く生いたり。継はぎの股引膝までして、毛脛細く瘠せたれども健かに、谷を攀じ、峯にのぼり、森の中をくぐりなどして、杖をもつかで見めぐるにぞ、盗人の来て林に潜むことなく、わが庵も安らかに、摩耶も頼母しく思うにこそ、われも懐かししと思いたり。

「食べやしないんだよ。爺や、唯玩弄にするんだから」

「それならば可うごすが」

爺は手桶を提げ居たり。

「何でも恁う其水ン中へうつして見るとの、はっきりと影の映る奴は食べられますで、茸の影がぼんやりするのは毒がありますじゃ。覚えて置かっしゃい」

まめだちていう。頷きながら、

「一杯呑ましておくれな。咽喉が渇いて、しょうがないんだから」

「さあさあ、いまお寺から汲んで来たお初穂だ、あがんなさい」

掬ばんとして猶予らいぬ。

「干杓がないな、爺や、お前ん処まで一所に行こう」

「何がよ、仏様へお茶を煮てあげるんだけんど、お前様のきれいなお手だ、ようごす、つッこんで呑まっしゃいさ」

俯向きざま掌にすくいてのみぬ。清涼掬すべし。此水の味はわれ心得たり。遊山の折々彼の山寺の井戸の水試みたるに、わが家のそれと異ならず、よく似たり。実によき水ぞ、市中にはまた類あらじ、と亡き母のたまいき。いまこれをはじめならず、われもまたしばしばくらべ見る。摩耶と二人いま住まえる尼君の庵なる筧の水も、其味これと異なるなし。悪熱のあらん時、三ツの水のいずれをか掬ばんに、わが心地いかならん、忘るるばかりのみはてたり。

「うんや遠慮さっしゃるな。水だ、ほい、強いるにも当らぬかの。おお、それから今のさき、私が田畝から帰りがけにうつくしい女衆が二人づれで、丁稚が一人、若い衆が三人で、駕籠を舁いて、ぞろぞろとやって来おった、や、其が空駕籠じゃったわ。もしもし、清心様とおっしゃる尼様のお寺はどちらへ、と問いくさる。はあ、それならと手を取るように教えてやっけが、お前様用でもないかの。いい加減に遊ばっしゃったら、迷児にならずに帰らっしゃいよ、奥様が待ってござろうに」
と語りもあえず歩み去りぬ。摩耶が身に事なきか。

紅茸

まい茸は其形細き珊瑚の枝に似たり。軸白くして薄紅の色さしたると、樺色なると、また黄なると、三ツ五ツはあらん。芝茸はわれ取って捨てぬ。最も数多く獲たるは紅茸なり。

こは山蔭の土の色鼠に、朽葉黒かりし小暗きなかに、まわり一抱もありたらん、榎の株を取巻きて、濡色の紅したたるばかり、塵も留めず地に敷きて生いたるなりき。一ツずつ、其なかばを取りしに、思いがけず、真黒なる蛇の小さきが、紫の蜘蛛追い懸けて、縦

横に走りたれば、見るからに毒々しく、あまれるは残して留みぬ。

松の根に踞いて、籠のなかさしのぞく、この茸の数も、誰がためにか獲たる。あわれ摩耶は市に帰るべし。

山番の爺がいいたる如く、駕籠は来て、われよりさきに庵の枝折戸にひたと建てられたり。壮佼居て、一人は棒に頤つき、他は下に居て煙草のむ。内には、うらわかきと、冴えたると、しめやかなる女の声して、摩耶のものいうは聞こえざりしが、いかでわれ入らるべき。人に顔見するがもの憂ければこそ、摩耶も予もこの庵には籠りたれ。面合わすに憚りたれば、ソと物の蔭になりて、故らに隔りたれば窃み聴かんよしもあらざれど、渠等空駕籠は持て来たり。大方は家よりして、迎に来りしものならんを、手を空ゆうして帰るべきや。

一同が庵を去らん時、摩耶もまた去らでやある。もの食わでもわれは餓えまじきを、かかるもの何かせん。

打こぼし、投げ払いし、籠の底に残りたる、唯一ツありし初茸の、手の触れしあとの錆つきて、斑らに緑青の色染みしさえあじきなく、手に取りて見つつわれ俯向きぬ。

顔の色も沈みけん。日も早やたそがれたり。濃かりし蒼空も淡くなりぬ。山の端に白き雲起りて、練衣の如き艶やかなる月の影さし初めしが、刷いたるよう広がりて、墨の色せる巓と連りたり。山はいまだ暮ならず。夕日の名残あるあたり、薄紫の雲も見ゆ。そよとばかり風立つままに、むら薄の穂打靡きて、肩のあたりに秋ぞ染むなる。さきには汗出でて咽喉渇くに、爺にもとめて山の井の水飲みたりし、其冷やかさおもい出でつ。其の時の我と、いまの我と、月を隔つる思いあり。青き袷に黒き帯して、瘠せたるわが姿つくづくと眴わしながら、寂しき山に腰掛けたる、何人も、かかる状は、やがて皆孤児になるべき兆なり。

小笹ざわざわと音したれば、ふと頭を擡げて見ぬ。

やや光の増し来れる、半輪の月を背に、黒き姿して薪をば小脇にかかえ、崖よりぬッくと出でて薄原に顕われしは、まためぐりあいたるよ。彼の山番の爺なりき。

「まだ帰らっしゃらねえの。おお、薄ら寒くなりおった」

と呟くが如くにいいて、かかる時、かかる出会の度々なれば、故とには近寄らで、離れたるままに横ぎりて爺は去りたり。

「千ちゃん」

「え」

予は驚きて、顧りぬ。振返れば女居たり。

「こんな処に一人で居るの」

といいかけて先ず微笑みぬ。年紀は三十に近かるべし。色白く妍よき女の、目の働き活々して、風采の俠なるが、扱帯きりりと裳を深く、凛々しげなる扮装の、中ざしキラキラとさし込みつつ、丸髷の艶やかなる、旧わが居たる町に住みて、亡き母上とも往来しき。年紀少くて孀になりしが、摩耶の家に奉公するよし、予も予て見知りたり。

目を見合わせてさしむかい、予は何事もなく頷きぬ。

女はじっと護りしが、急にまた打笑えり。

「何うもこれじゃ、密通をしようという顔じゃないね」

「何をいうんだ」

「何をもないもんですよ。千ちゃん！　お前様は」

いいかけて渠はやや真顔になりぬ。

「一躰お前様、まあ、何うしたというんですね、驚いたじゃありませんか」

「何をいうんだ」

「あれ、また何をじゃ、ありませんよ。盗人を捕えて見ればわが児なり、内の御新造様のいい人は、お目に懸るとお前様だもの。驚くじゃありませんか。千ちゃん、まあ何でも可から、お前様ひとつ何んとかいって、内の御新造様を返して下さい。裏店の嬶々が飛出したって、お附合五六軒は、おやおやで騒ぐわねえ。千ちゃん、何だってお前様、殿様のお城か、内のお邸かという、家の若御新造が、此間の御遊山から、直ぐに何処へ行らっしゃったか、お帰りがない、お行衛が知れないというのじゃありませんか。

ぱッとしたら国中の、騒動になりますわ。お出入が八方へ飛出すばかりでも、二千や三千の提灯は駆けまわろうというもんです、まあ、察しても御覧なさい。

これが下々のものならば、片膚脱の出刃庖丁か何かで、阿魔！　と飛出す訳だけれど、何しろねえ、御身分が御身分だから、実は大きな声を出すことも出来ないで、旦那様は、蒼くなって在らっしゃる。

今朝のことだね。不断一八に茶の湯のお合手に入らしった、山の尼様の、清心様がね、あの方はね、平時はお前さん、八十にもなって居て、下駄でしゃんしゃんと下りて入らっしゃるのに、不思議と草鞋穿で、饅頭笠か何かで遣って見えてさ、まあ、斯うだわ。

〈御宅の御新造様は、私ン処に居ますで案じさっしゃるな。したがな、また旧なりにお前の処へは来ないから、そう思わっしゃいよ〉

と好なことをいって、草鞋も脱がないで、さっさっと去っておしまいなすったじゃないか。

さあ、騒ぐまいか。彼方此方聞きあわせると、あの尼様は、この四五日前から方々の帰依者の家をずっと廻って、一々、

〈私は些少思い立つことがあって行脚に出ます。しばらく逢わぬでお暇乞じゃ。そして言って置くが、皆の衆、決して私が留主へ行って、戸をあけることはなりませぬぞ〉

と然ういっておあるきなすッたそうだね、そして肝腎のお邸を一番あとまわしだろうじゃないか。これも酷いわね」

人の妻

「うっちゃっちゃ置かれない、いえ、置かれない処じゃない、直ぐお迎いをというので、お前さん旦那様に伺うと、まあ、何うだろう。

御遊山を遊ばした時のお伴のなかに、内々清心庵で在らっしゃることを突留めて、知ったものがあって、先にもう旦那様に申しあげて、あら立ててはお家の瑕瑾というので、そっとこれまでにお使が何遍も立ったというじゃありませんか。

御新造様は、何といっても、平気でお帰り遊ばさないというんだもの。ええ！　飛んでもない。何とおっしゃったって引張ってお連れ申しましょう、と私とお仲さんというのが二人で、男衆を連れてお駕籠を持って、えッちらおッちらお山へ来たというもんです。

尋ねあてて、尼様の家へ行って、お頼み申しますというと、お前さん。

〈誰方〉

とおっしゃって、あの薄暗いなかに、胸の処から少し上へお出し遊ばして、真白な細いお手の指が、衝立の縁へかかったのが、はッきり見えたは、御新造様。
お髪がちいっと乱れて、藤色の袷で、あれは、しかも千ちゃん、此間お出かけになる時に、私が後からお懸け申した、お召だろうじゃありませんか。凄かった。おや、といって皆な後じさりをしたよ。
驚きましたね。そりゃ旧のことをいえば何だけれど、第一お前さん、うちの御新造様とおっしゃる方が、頼みます、誰方ということを、此五六年じゃ、もう忘れておしまい遊ばしたろうと思ったもの。誰だじゃござんせん。さて、あなたは、と開直って、いうことになると、

〈また迎かい〉

といって、笑って在らっしゃるというもんです。

〈皆御苦労ね。だけれど、私はまだ帰らないから、かまわないでおくれ。些少やすんだらお帰り。お湯でもあげるんだけれど、それよりか、庭のね、筧の水がおいしいよ〉

なんて済まして居らっしゃるんだもの。何だか私たちは、余りな御様子に呆れちまって、茫乎したの。魅まれてでも居ないか不知と……。
いきなり後からお背を推して、お手を引張ってというわけにもゆかないので、まあ、御

挨拶半分に、お邸はアノ通り、御身分は申すまでもござんせん。お実家には親御様、お両方とも御達者なり、姑御と申すはなし、小姑一人ございますか。旦那様は御存じでもございましょう。そうかといって御気分がお悪いでもなく、何が御不足で尼になんぞなろうと思し召すのでございますと、お仲さんと二人両方から申しました。

御新造様が、

〈いいえ、私は尼になんぞなりはしないから〉

〈へい、それではまた何う遊ばして、こんな処に〉

〈ちっと用があって〉

とおっしゃるから、何ういう御用で、と聞きました。

〈そんなことといわれるのが煩さいから、此処に居るんだもの。可から、お帰り〉

とこんな御様子だって、それじゃ困るわね。帰るも帰らないもありやしないわ。

じゃ、まあ、其は断ってお聞き申しませんまでも、一躰此家には、お一人でございますかって聞くと、

〈二人〉と恁うおっしゃった。

さあ、黙っちゃ居られない。

こうこういうわけですから尼様と御一所ではなかろうし、誰方とお二人でというとね、〈可愛い児とさ〉とお笑いさ。

うむ、こりゃ仔細のないこと、華族様の御台様を世話でお暮し遊ばすという御身分で、考えて見りゃお名もまや様で、夫人というのが奥様のことだといって見れば、何のことはない、大倭文庫のお妃様さね。つまり苦労のない摩耶夫人様だから、大方洒落にちょいと雪山のという処をやって、御覧遊ばすのであろう。凝ったお道楽だ。と思っちゃ見たものの、千ちゃん、常の御気象がそんなんじゃ、おあんなさらない……でしょう。

可愛い児とおっしゃるから、何ぞ尼寺でお気に入った金糸雀でもお見着け遊ばしたのか不知、なんと思って、うかがって驚いたのは、千ちゃん、お前さんのことじゃないか。〈いつでも噂をして居たからお前たちも知っておいでだろう。蘭や、お前が御存じの〉とおっしゃったのが、何んと十八になる男だもの。お仲さんが吃驚しようじゃないか。千ちゃん、私も久しく逢わないで、きのうきょうのお前さんは知らないから――千ちゃん――むむ、お妙さんの児の千ちゃん。なるほど可愛い児だ、と実をいえば、はじめは私もそれならばと思ったがね。考えて見ると、お前さんいつまで、九ツや十ウで居るものか、もう十八だと思って驚いたよ。

何の事はない、密通だね。

いくら思案をしたって、御新造様は、人の女房。そりゃいくらお邸の御新造様だって、何だって、矢張女房だもの。女房が、千ちゃん、たとい千ちゃんだって、何だって、男と二人で隠れて居りゃ、何のことはない怒っちゃいけませんよ、矢張何さ。

途方もない乱暴な小僧ッ児の癖に、末恐ろしい、見下げ果てた、何の生意気なことをいったって、私が家に今でもある、アノ籐で編んだ茶台は何うだい、嬰児が這ってあるいて、玩弄にして、チュッチュッ噛んで吸った噛形がついて残ッて居る。叱り倒してと、まあ、怒っちゃ厭よ」

夕霧

「それが何も御新造様さえ、柔順に帰って下さるなら、何でもないことだけれど、何うしても帰らないとおっしゃるもの。

お帰り遊ばさないたって、其で済むわけのものじゃござんせん。一躰何う遊ばす思召でございます。

〈あの児と一所に暮そうと思って〉

とばかりじゃ困ります。どんなになさいました処で、千ちゃんと御一所においで遊ばすわけにはまいりません。

〈だから、此家に居るんじゃないか〉

其此家にが山ン中の、尼寺じゃありませんか。こんな処にあの児と二人おいで遊ばしては、世間で何と申しましょう。

〈何といわれたって可んだから〉

それでは、あなた、旦那様に済みますまい、第一親御様なり、また、

〈いいえ、それだから、もう一生人づきあいをしないつもりで居る。私が分ってるから、可から、お前たちは帰っておしまい。可から、分って居るから〉

とそんな分からないことがありますか。千ちゃん、いくら私たちが家来だからって、あんまりな御無理だから、種々言うと、しまいにゃ、只、

〈だって不可いから、不可いから〉

とばかり、おっしゃって、果しがないの。怘うなれば、何うしたってかまやしない。何んなことをしてなりと、お侘はあとですることと、無理やりにも力ずくで、此方は五人、何

の！　あんな御新造様、腕ずくなら此蘭一人で沢山。さあ、というと、屹と遊ばして、

〈何をおしだ、お前達、私を何だと思うの〉

とおっしゃるから、はあ、そりゃお邸の御新造様だと、申し上げると、

〈女中たちが、そんな乱暴なことをして済みますか。良人なら知らぬこと、両親にだって、指一本さしはしない〉

何うして、きっとおからだがすわると、すくんじまうよ。でも、そんな分らないことをおっしゃれば、もう御新造様でも何でもない。

〈他人ならば、うっちゃって置いておくれ〉

と斯うでしょう。何てったって、とてもいうことをお肯き遊ばさないお気なんだから仕ようがない。がそれで世の中が済むのじゃないんだもの。

じゃ、旦那様がお迎にお出で遊ばしたら、

〈それでも帰らないよ〉

無理にも連れようと遊ばしたら、

〈そうすりゃ御身分にかかわるばかりだもの〉

もう何う遊ばしたというのだろう。それじゃ、旦那様と千ちゃんと、どちらが大事でご

ざいますって、此上のいいようがないから聞いたの。そうすると……、

〈ええ、旦那様は、私が居なくなっても可いけれど、千ちゃんは一所に居てあげないと死んでおしまいだから可哀相だもの〉

とこれじゃ、何にもいうことはありません。ここなの、ここなんだがね。千ちゃん、一躰こりゃ、ま、お前さん何うしたというのだね」

女はいいかけてまた予が顔を瞻りぬ。予はほと一呼吸ついたり。

「摩耶さんが知っておいでだ。私は何にも分らないんだ」

「え分らない。お前さん、まあ、だって御自分のことが御自分に」

予は何とかいうべき。

「お前、それが分る位なら、何もこんなにゃなりゃしない」

「ああれ、また此処でも、恁うだもの」

女は又あらためて、

「一躰煎じ詰めた処が、千ちゃん、御新造様と一所に居て何うしようというのだね」

然ることはわれも知らず。

「別に何うってことはないんだ」

「まあ」

「別に」

「まあさ、御飯をたいて」

「詰らないことを」

「まあさ、御飯をたいて、食べて、それから」

「話をしてるよ」

「話をして、それから」

「知らない」

「まあ、それから」

「寝っちまうさ」

「串戯じゃないよ。そしてお前様いつまでそうして居るつもりなの」

「死ぬまで」

「え、死ぬまで。もう大抵じゃないのね。まあ、そんならそうとして、千ちゃん、お聞き。私だって何も彼家へは御譜代というわけじゃなし、早い談話が、お前さんの母様とも、私は知合だったし、そりゃ内の旦那より、お前さんの方が、私はまったくの所、可愛いよ。

可かね。

処でいくらお前さんが可愛い顔をしてるたって、情婦を拵えたって、何も此年紀をして、ものの道理がさ。やっかむにも当らずか、打明けた所、お前さん御新造様と出来たのかね。え、千ちゃん、出来たのなら其つもりさ。お楽！　というようなことで引退がろうじゃないか。不思議で堪らないから聞くんだが、何だねえ、出来たわけかね」

「何が」

「何がじゃないよ、お前さん、出来たのなら出来たで可じゃないか、いっておしまいよ」

「だって、出来たって分らないもの」

「むむ、何うもこれじゃ、拵らえようという柄じゃないのね。いえね、何も忠義だてをするんじゃないが、御新造様があんまりだからツイ私だってむっとしたわね。行がかりだもの、お前さん、この様子じゃ皆こりゃアノ児のせいだ。小児の癖にいきすぎな、何時のまにませたろう、取っつかまえてあやまらせよう。私ならぐうの音も出させやしないと、まあ、そう思ったもんだから、些少も言分は立たないし、抜も悪しで、あっちはお仲さんにまかして置いて、お前さんを探して来たんだがね。

逢って見ると、何うして矢張千ちゃんだ、だってこの様子で密通も何もあったもんじゃないやね、何だか、些少も分らないが、さて、内の御新造様と、お前様とは何うしたというのだね」

知らず、これをもまた何とかいわん。

「摩耶さんは、何とおいいだった」

「御新造さんはなかよしのお朋達だって」

かくてこそ。

「まったく然うなんだ」

渠は肯んずる色あらざりき。

「だって、何だって、また、たかがなかの可お朋達位で、お前様、五年ぶりで逢ったたって、六年ぶりで逢ったって、顔を見ると気が遠くなって、気絶するなんて、人がありますか。千ちゃん、何んだって云うじゃありませんか。御新造様のお話しでは、このあいだ尼寺で、お前さんとお逢いなすった時、お前さんは気絶ッちまったというじゃありませんか。それでさ、御新造様は、あの児がそんなに思ってくれるんだもの、何うして置いて行かれるものか。なんて好なことをおっしゃったがね、何うしたというのだね」

げに然ることもありしよし、あとにてわれ摩耶に聞きて知りぬ。

「だって、何も自分じゃ気がつかなかったんだから、何ういうわけだか知りやしない」

「知らないたって、何うも、おかしいじゃありませんか」

「摩耶さんに聞くさ」

「御新造様に聞けば矢張千ちゃんにお聞きとおっしゃる。何が何だか私たちにゃ、些少も分が、わかりゃしない」

然り、然ることのくわしくは、世に、尼君ならで知りたまわじ。

「お前、私たちだって、口じゃ分るようにいえないよ。皆尼様が御存じだから、聞きたきゃ、あの方に聞くが可んだ」

「そらそら、其尼様だね、その尼様が全躰分らないんだよ。名僧の知識の僧正の、何のッても、今時の御出家に、女でこそあれ、山の清心さんくらいの方はありやしない。

もう八十にもなっておいでだのに、法華経二十八巻を立読に遊ばして、お茶一ツあがらない御修行だと、他宗の人でも、何でも、あの尼様といや拝むのさ。

それに、何うだろう、お互の情を通じあって、恋の橋渡をおしじゃないか。何の事はない、こりゃ万事、人の悪い髪結の役だあね。おまけにお前様、あの薄暗い尼寺を若いもの同士にあけ渡して、御機嫌ようか何かで、ふいと何処かへ遁げた日になって見りゃ、破戒無慚というのだね。乱暴じゃないか。千ちゃん、尼さんだって七十八十まで行い済まして居ながら、お前さんのために、何したというのだろう。何か、千ちゃん処は尼さんのお主筋でもあるのかい。でなきゃ、分らないわ。何んな因縁だね」

と心籠めて問う状なり。尼君のためなれば、われ少しく語るべし。

「お前も知っておいでだね。母上は身を投げてお亡くなんなすったのを」

「ああ」

「ありゃね、尼様が殺したんだ」

「何ですと」

女は驚きて目を睜りぬ。

白菊

「いいえ、手に懸けたというんじゃない。私は未だ九才時分のことだから、何んなだか、くわしい分は知らないけれど、母様は、お前、何か心配なことがあって、それで世の中が厭におなりで、くよくよして居らっしゃったんだが、名高い尼様だから、談話をしたら、慰めて下さるだろうって、私の手を引いて、しかも冬の事。

ちらちら雪の降るなかを、山へのぼって、尼寺をおたずねなすッて、炉の中へ、何だか書いたり、消したりして、しんみり談をしておいでだったが、やがてね、二時間ばかり経って、お帰りだった。ちょうど晩方で、びゅうびゅう風が吹いてたんだ。

尼様が、框まで送って来て、分れて出ると、戸を閉めたの、少し行懸ると、内で、

〈おお、寒、寒〉と不作法な大きな声で、アノ尼様がいったのが聞こえると、母様が立停まって、何故だか顔の色をおかえなすったのを、私は小児心にも覚えて居る。それからしおしおして、山をお下りなすった時は、もうとっぷり暮れて、雪が……霙になったろう。

麓の川の橋へかかると、鼠色の水が一杯で、ひだをうって大畝りに畝っちゃ、どうどうと聞こえてさ。真黒な線のようになって横ぶりにびしゃびしゃと頬辺を打っちゃ、霙が消えるんだ。一山一山になってる柳の枯れたのが、渦を巻いて、それで森としてあかり一ツ見えなかったんだ。母様が、

〈尼になっても、矢張寒いんだもの〉

と独言のようにおっしゃったが、其れっきり何処へ行らっしゃったのか。私は目が眩ん

じまって、些少も知らなかった。

ええ！　それで最うそれっきりお顔が見られずじまい。年も月もうろ覚え。其癖嫁入をお為の時は、ちゃんと知ってるけれど、はじめて逢い出した時は覚えちゃ居ないが、何でも摩耶さんとは其年から知合ったんだ、と然う思う。

私はね、母様がお亡くなんなすったって、夫を承知は出来ないんだ。そりゃ、ものも分ったし、お亡なんなすったことは知ってるが、何うしてもあきらめられない。

何の詰らない、学校へ行ったって、人とつきあったって、母様が活きてお帰りじゃなし、何にするものか。

トそう思うほど、お顔が見たくッて堪らないから、何うしましょう何うしましょう、何うかしておくれな。何うでもして下さいなッて、摩耶さんが嫁入をして、逢えなくなってから、なおの事。行っちゃ尼様を強情ったんだ。私はだ、だ、を捏ねたんだ。

見ても、何でも分ったような、すべて承知をして居るような、何でも出来るような、神通でもあるような、尼様だもの。何うにかしてくれないことはなかろうと思って、其かわり自分の思ってることは皆打あけて、いって、そうしちゃ目を眠って尼様に暴れたんだね。

然ういうわけ。

　他に理屈もなんにもない。此間も尼さまん処へ行って、例のをやってる時に、ずっと入っておいでなのが、摩耶さんだった。

　私は何とも知らなかったけれど、気が着いたら尼様が、天窓を撫でて、

〈千坊や、これで可のじゃ。米も塩も納屋にあるから、出してたべさして貰わっしゃいよ。私は一寸町まで托鉢に出懸けます。大人しくして留主をするのじゃぞ〉

とおっしゃった切、お前、草鞋を穿いてお出懸で、戻っておいでのようすもないもの。

　摩耶さんは一所に居ておくれだし、私はまた摩耶さんと一所に居りゃ、母様のこと、何うにか堪忍が出来るのだから、何も彼もうっちゃってしまった。

　お前、私にだって、理屈は分りやしない。摩耶さんも一所に居りゃ、何にも食べたくも何ともない、と、おいいだもの。気が合ったんだから、なかが可お朋達だろうよ」

　かくいいし間にいろいろのことこそ思いたれ。胸痛くなりたればうつむきぬ。女が傍に在るも予はうるさくなりたり。

「だからもう他に何ともいいようは無いのだから、あれがああだから済まないの、義理だの、済まないじゃないかなんて、聞いちゃいけない。人と、ものをいってるのがうるさい

から、それだから、こうしてるんだから、何うでも可から、もう帰っておくれ。摩耶さんが帰るとおいいなら連れてお帰り。大方お前たちがいうことはお肯きじゃあるまいよ」

予はわが襟を掻き合わせぬ。さきより踞いたる頭次第に垂れて、芝生に片手つかんずまで、打沈みたりし女の、此時ようよう顔をばあげ、いま更にまた瞳を定めて、他のこと思い居る、わが顔瞻るよと覚えしが、しめやかなるものいいしたり。

「可うござんす。千ちゃん私たちの心とは何かまるで変ってるようで、お言葉は腑に落ちないけれど、さっきもあんなにいったものの、いま此処へ尼様がおいで遊ばせば、矢張っむりが下るんです。尼様は尊く思いますから、何でも分った仔細があって、あの方の遊ばす事。まあ、あとで何うなろうと、世間の人が何うであろうと、こんな処はとても私達の出る幕じゃない。尼様のお計らいだ、何うにか方のつくことでござんしょうと、そうね、千ちゃん、そう思って帰ります。何だか私も茫乎したようで、気が変になったようで、分らないけれど、何うも恁うした御様子じゃ、千ちゃん、お前さんと、御新造様と、一つお床でおよったからって、別に仔細はないように、ま私は思います。見ればお前様もお浮きでなし、あっちの事が気にかかりますから、それじゃお分れといたしましょう。あのね、用があったら、そッと私ンとこまでおっしゃいよ」

とばかりに渠は立ちあがりぬ。予が見送ると、目を見合わせ、と小戻りして、顔を斜めにすかしけるが、

「憎らしいねえ」

「どれ、あの位な御新造様を迷わしたは、どんな顔か、よく見よう」

といいかけて莞爾とし、つと行く、むかいに跫音して、一行四人の人影見ゆ。すかせば空駕籠釣らせたり。渠等は空しく帰るにこそ。摩耶われを見棄てざりしと、いそいそと立ったりし、肩に手をかけ、下に居らせて、女は前に立塞がりぬ。やがて近づく渠等より、うたてきわれをば庇いしなりけり。

　熊笹のびて、薄の穂、影さすばかり生いたれば、ここに人ありと知らざる状にて、道を折れ、坂にかかり、松の葉のこぼるるあたり、目の下近く過りゆく。女は其後を追いたりしを、忍びやかにぞ見たりける。駕籠のなかにものこそありけれ。設の蒲団敷重ねしに、摩耶は在らで、其藤色の小袖のみ、薫床しく乗せられたり。紀念にとて送りけん。家土産にしたるなるべし。小袖の上に、菊の枝置き添えつ。黒き人影あとさきに、駕籠ゆらゆらと釣持ちたる、可惜、其露をこぼさずや、大輪の菊の雪なすに、月の光照り添いて、山路に白くちらちらと見る目遥かに下り行きぬ。

見送り果てず引返して、駆け戻りて枝折戸入りたる、庵のなかは暗かりき。

「唯今！」

と勢よく、框に踏懸け呼びたるに、答はなく、衣の気勢し、白き手をつき、肩のあたり、衣紋のあたり、乳のあたり、衝立の蔭につと立ちて、烏羽玉の髪のひまに、微笑みむかえし摩耶が顔。筧の音して叢に虫鳴く一ツ聞こえしが、われは思わず身の毛よだちぬ。

この虫の声、筧の音、框に片足かけたる、爾時、衝立の蔭に人見えたる、われは嘗て恁る時、かかることに出会いぬ。母上か、摩耶なりしか、われ覚えて居らず。夢なりしか、知らず、前の世のことなりけん。

茸の舞姫

一

「杢さん、これ、何？……」

と小児が訊くと、真赤な鼻の頭を撫でて、

「綺麗な衣服だよう」

此は又余りに情ない。町内の杢若どのは、古莚の両端へ、笹の葉ぐるみ青竹を立てて、縄を渡したのに、幾つも蜘蛛の巣を引搦ませて、商買をはじめた。まじまじと控えた、が、然うした鼻の頭の赤いのだからこそ可けれ、嘴の黒い烏だと、其のままの流灌頂。で、お宗旨違いの神社の境内、額の古びた木の鳥居の傍に、裕福な仕舞家の土蔵の破目板を背後にして、秋の祭礼に、日南に店を出して居る。

売るのであろう、商人と一所に、のほんと構えて、晴れた空の、薄い雲を見て居るのだから。

飴は、今でも埋火に鍋を掛けて暖めながら、飴の棒と云う麻殻の軸に巻いて売る、賑かな祭礼でも、寂びたもので、お市、豆捻、薄荷糖なぞは、お婆さんが白髪に手拭を巻いて商う。何でも買いなの小父さんは、紺の筒袖を突張らかして懐手の黙然たるのみ。景気の好いのは、蜜垂じゃ蜜垂じゃと、菖蒲団子の附焼を、はたはたと煽いで呼ばわる……。毎年顔も店も馴染の連中、場末から出る際商人。丹波鬼灯、海酸漿は手水鉢の傍大きな百日紅の樹の下に風船屋などと、よき処に陣を敷いたが、鳥居外のは、気まぐれに山から出て来た、もの売で。――

売るのは果もの類。桃は遅い。小さな梨、粒林檎、栗は生のまま……うでたのは、甘藷とともに店が違う……。奥州辺とは事かわって、加越のあの辺に山女は殆どない。ここに林の如く売るものは、黒く紫な山葡萄、黄と青の山茱萸を、蔓のまま、枝のまま。其の甘渋くて、且つ酸き事、狸が咽せて、兎が酔いそうな珍味である。

此のおなじ店が、莚三枚、三軒ぶり。笠被た女が二人並んで、片端に頬被りした馬士のような親仁が一人。で、一方の端の処に、件の杢若が、縄に蜘蛛の巣を掛けて罷出た。

「これ、何さあ」

「美しい衣服じゃが買わんかね」と鼻をひこつかす。

幾歳に成る……杢の年紀が分らない。小児の時から大人のようで、大人になっても小児に斉しい。彼は、元来、此の町に、立派な玄関を磨いた医師のうちの、書生兼小使、と云うが、それほどの用には立つまい、ただ大食いの食客。

世間体にも、容体にも、痩せても袴とある処を、毎々薄汚れた縞の前垂を締めて居たのは食溢しが激しいからで——此の頃は人も死に、邸も他のものに成った。其の医師と云うのは、町内の小児の記憶に、もう可なりの年配だったが、色の白い、指の細く美しい人で、ひどく権高な、其の癖婦のように、口を利くのが優しかった。……細君は、赤ら顔、横ぶとりの肩の広い大円髷。眦が下って、脂ぎった頬へ、恁う……何時でもばらばらとおくれ毛を下げて居た。下婢から成上ったとも言うし、妾を直したのだとも云う。実の御新造は、人づきあいは固よりの事、門、背戸へ姿を見せず、座敷牢とまでもないが、奥まった処に籠切りの、長年の狂女であった。——で、赤鼻は、章魚とも河童ともつかぬ御難なのだから、待遇も態度も、川原の砂から拾って来たような体であったが、実は前妻の其の狂女がもうけた、実子で、然も長男で、此の生れたて変なのが、やや育ってからも変なため、其を気にして気が狂った、御新造は、以前、国家老の娘とか、それは美しい人であったと言う……

　或秋の半ば、夕より、大雷雨のあとが暴風雨に成った、夜の四つ時十時過ぎと思う頃、凄じい電光の中を、蜩が鳴くような、うらさみしい、冴えた、透る、女の声で、キイキイと笑うのが、恰も樹の上、雲の中を伝うように大空に高く響いて、此の町を二三度、四五度、風に吹廻わされて往来した事がある……通魔がすると恐れて、老若、呼吸をひそめたが、あとで聞くと、其の晩、斎木（医師の姓）の御新造が家を抜出し、町内を彷徨って、疲れ果てた身体を、社の鳥居の柱に、黒髪を颯と乱した衣は鱗の、膚の雪の雷光に真蒼なのが、滝をなす雨に打たれつつ、怪しき魚のように身震して刎ねたのを、追手が見つけて、医師の其の家へかつぎ込んだ。間もなく柩と云う四方張の俎に載せて焼かれて了った。斎木の御新造は、人魚に成った、あの暴風雨は、北海の浜から、潮が迎いに来たのだと言った——

其の翌月、急病で斎木国手が亡く成った。あとは散々である。代診を養子に取立ててあったのが、成上りの其の肥満女と、家蔵を売って行衛知れず、……下男下女、薬局の輩まで、勝手に掴み取りの、梟に枯葉で散り散りばらばら。……薬臭い寂しい邸は、冬の日売家の札が貼られた。寂とした暮方、……空地の水溜を町の用心水にしてある掃溜の芥棄場に、枯れた柳の夕霜に、赤い鼻を、薄ぼんやりと、提灯の如くぶら下げて立って居たのは、屋根から落ちたか、杢若どの。……親は子に、杢介とも杢蔵とも名づけはしない。待て、御典医であった、彼のお祖父さんが選んだので、本名は杢之丞だそうである。

——時に、木の鳥居へ引返そう。

二

ここに、杢若が其の怪しげなる蜘蛛の巣を拡げて居る、此の鳥居の向うの隅、以前医師の邸の裏門のあった処に、むかし番太郎と言って、町内の走り使人、斎、非時の振廻り、香奠がえしの配歩行き、秋の夜番、冬は雪掻の手伝いなどをした親仁が住んだ……半ば立腐りの長屋立て、掘立小屋と云う体なのが一棟ある。

町中が、杢若を其処へ入れて、役に立つ立たないは話の外で、寄合持で、雑と扶持をして置くのであった。

「杢さん、何処から仕入れて来たよ」

「縁の下か、廂合かな」

其の蜘蛛の巣を見て、通掛りのものが、苦笑いしながら、声を掛けると、……

「違います」

と鼻ぐるみ頭を掉って、

「さとからじゃ、ははん」と、ぼんと鼻を鳴らすような咳払をする。此奴が取澄まして如何にも高慢で、且つ翁寂びる、争われぬのは、お祖父さんの御典医から、父典養に相伝して、脈を取って、ト小指を刎ねた時の容体と少しも変らぬ。

杢若が、さとと云うのは、山、村里の其の里の意味でない。註をすれば里よりは山の義で、字に顕わせば故郷に成る……実家に成る。

八九年前晩春の頃、同じ此の境内で、小児が集って凧を揚げて遊んで居た——杢若は鬣の大きい坊主頭で、誰よりも群を抜いて、のほんと背が高いのに、その揚げる凧は糸を惜んで、一番低く、山の上、松の空、桐の梢とある中に、僅に百日紅の枝とすれすれな処を舞った。

　　大風来い、大風来い。
　　　小風は、可厭、可厭……

幼い同士が威勢よく唄う中に、杢若は唯一人、寒そうな懐手、糸巻を懐中に差込んだまま、此の唄にはむずむずと襟を摺って、頭を掉って、そして面打って舞う己が凧に、合点合点をして見せて居た。

……にも係らず、烏が騒ぐ逢魔ケ時、颯と下ろした風も無いのに、杢若の其の低い凧が、懐の糸巻をくるりと空に巻くと、キリキリと糸を張って、一ツ星に颯と外れた。

「魔が来たよう」

「天狗が取ったあ」

ワッと怯えて、小児たちの逃散る中を、団栗の転がるように杢若は黒くなって、凧の影を何処までも追掛けた、其の時から、行衛知れず。

五日目のおなじ晩方に、骨ばかりの凧を提げて、矢張り鳥居際に茫乎と立って居た。天狗に攫われたと言う事である。

それから時々、三日、五日、多い時は半月ぐらい、月に一度、或は三月に二度ほどずつ、人間界に居なく成るのが例年で、いつか、其のあわれな母の然うした時も、杢若は町には居なかったのであった。

「何処へ行ってござったの」

町の老人が問うのに答えて、

「実家へだよう」

と、それ言うのである。此の町からは、間に大川を一つ隔てた、山から山へ、峯続きを分入るに相違ない、魔の棲むのは其処だと言うから。

「お実家は何処じゃ。何う云う人が居さっしゃる」

「実家の事かねえ、ははん」

スポンと栓を抜く、件の咳を一つすると、これと同時に、鼻が尖り、眉が引釣り、額の皺が縊れるかと凹むや、眼が光る。……歯が鳴り、舌が滑に赤くなって、滔々として弁舌鋭く、不思議に魔界の消息を洩らす——これを聞いたものは親たちも、祖父祖母も、其の児、孫などには決して話さなかった。

幼いものが、生意気に直接に打撞る事がある。

「杢やい、実家は何処だ」

「実家の事かい、ははん」

や、もう其の咳で、小父さんのお医師さんの、膚触りの柔かい、冷りとした手で、脈処をぎゅうと握られたほど、悚然とするのに、忽ち鼻が尖り、眉が逆立ち、額の皺が、ぴりぴりと蠢いて眼が血走る。……

聞く処か、これに怯えて、ワッと遁げる。

「実家はな」

と背後から、蔽われかかって、小児の目には小山の如く追って来る。

「御免なさい」

「きゃっ！」

其の時に限っては、杢若の耳が且つ動くと言う――嘘を吐け。

三

海、また湖へ、信心の投網を颯と打って、水に光るもの、輝くものの、仏像、名剣を得たと言っても、売れない前には、其の日一日の日当が何うなった、米は両につき三升、と云うのだから、此の如き杢若が番太郎小屋に唯ぼうとして活きて居るとだけでは、世の中が納まらぬ。

入費は、町中持合いとした処で、半ば白痴の――たとい其が、実家と言う時、魔の魂が入替るとは言え――半ば狂人であるものを、肝心火の元の用心は何とする。……炭団、埋火、榾、柴を焚いて煙は揚げずとも、大切な事である。

方便な事には、杢若は切凧の一件で、山に実家を持って以来、未だ嘗て火食をしない。多くは果実を餌とする。松葉を噛めば、椎なんぞ葉までも頬張る。瓜の皮、西瓜の種も差支えぬ。桃、栗、柿、大得意で、烏や鳶は、むしゃむしゃと裂いて膾だし、蝸牛虫やなめくじは刺身に扱う。春は若草、薺、茅花、つくつくしのお精進……蕪を噛る。牛蒡、人参は縦に啣える。

此の、秋は又いつも、食通大得意、と云うものは、木の実時なり、実り頃、実家の土産の雉、山鳥、小雀、山雀、四十雀、色どりの色羽を、ばらばらと辻に撒き、廂に散らす。但、魚類に到っては、金魚も目高も決して食わぬ。

最も得意なのは、も一つ茸で、名も知れぬ、可恐しい、故郷の峯谷の、蓬々しい名の無い菌も、皮づつみの餡ころ餅ぼたぼたと覆すが如く、袂に襟に溢れさして、山野の珍味に厭かせ給える殿様が、此にばかりは、露のようなよだれを垂して、

「牛肉のひれや、人間の娘より、柔々として膏が滴る……甘味ぞのッ」

は凄じい。

が、恁く菌を嗜む所為だろうと人は言った。まだ杢若に不思議なのは、日南では、影形が薄ぼやけて、陰では、汚れたどろどろの衣の縞目も判明する。……委しく言えば、昼は影法師に消て居て、夜は明かなのであった。

却説、店を並べた、山茱萸、山葡萄の如きは、此の老舗には余り資本が掛らな過ぎて、恐らくお銭に成るまいと考えたらしい。で、精一杯に売るものは。

「何だい、こりゃ！」

「美しい衣服じゃがい」

氏子は呆れもしない顔して、これは買いもせず、貰いもしないで、隣の木の実に小遣を出して、枝を蔓を提げるのを、じろじろと流眄して、世に伯楽なし矣、とソレ青天井を向いて、えへらえへらと嘲笑う……

其の笑が、日南に居て、蜘蛛の巣の影になるから、鳥が嘴を開けたか、猫が欠伸をした

ように、人間離れをして、笑の意味を為さないで、ぱくりと成る……

と言うもので、莚を並べて、笠を被て坐った、山茱萸、山葡萄の婦どもが、件のぼやけさ加減に何となく誘われて、此の姿も、又何うやら太陽の色に朧々として見える。

蒼い空、薄雲よ。

人の形が、然うした霧の裡に薄いと、可怪や、掠れて、明さまには見えない筈の、扱いて搦めた縺れ糸の、蜘蛛の囲の幻影が、幻影が。

真綿をスイと繰ったほどに判然と見えるのに、薄紅の蝶、浅黄の蝶、青白い蝶、黄色な蝶、金糸銀糸や消え際の草葉蜉蝣、金亀虫、蝿の、蒼蝿、赤蝿。

羽ばかり秋の蟬、蜩の身の経帷子、いろいろの虫の死骸ながら巣を引挘って来たらしい。それ等が艶々と色に出る。

あれ見よ、其の蜘蛛の囲に、ちらちらと水銀の散った玉のような露がきらめく……

此の空の晴れたのに。——

四

これには仔細がある。

神の氏子の此の数々の町に、やがて、あやかしのあろうとてか――其の年、秋の此の祭礼に限って、見馴れない商人が、妙な、異ったものを売った。

宮の入口に、新しい石の鳥居の前に立った、白の幟の下に店を出して、其処に鬻ぐは何等のものぞ。

河豚の皮の水鉄砲。

蘆の軸に、黒斑の皮を小袋に巻いたのを、握って離すと、スポイト仕掛けで、衝と水が迸る。

鰒は多し、又壮に膳に上ぼす国で、魚市は言うにも及ばず、市内到る処の魚屋の店に、春と成ると、此の怪い魚を鬻がない処はない。

が、おかしな売方、一頭一頭を、あの鰭の黄ばんだ、黒斑なのを、ずぼんと裏返しに、どろりと脂切って、ぬらぬらと白い腹を仰向けて並べて置く。

もし唯二つ並ぼうものなら、切落して生々しい女の乳房だ。……然も真中に、ズキリと庖丁目を入れた処が、パクリと赤黒い口を開いて、西施の腹の裂目を曝す……中から、ずるずると引出した、長々とある百腸を、巻かして、束ねて、ぬるぬると重ねて、白腸、黄腸と称えて売る。……剰え、目の赤い親仁や、襤褸半纏の漢等、俗に穢多と云う腸拾いが、出刃庖丁を斜に構えて、此の腸を切売する。

待て、我が食通の如きは、これに較ぶれば処女の膳であろう。

要するに、市、町の人は、挙って、手足のない、女の白い胴中を筒切にして食うらしい。

其の皮の水鉄砲。小児は争って買競って、手の腥いのを厭いなく、参詣群集の隙を見ては、シュッ。

「打上げ！」

「流星！」

と花火に擬て、縦横や十文字。

いや、隙どころか、件の杢若をば侮って、其の蜘蛛の巣の店を打った。

白玉の露はこれである。

其の露の鏤むばかり、蜘蛛の囲に色籠めて、いで膚寒き夕と成んぬ。山から颪す風一陣。

はや篝火の夜にこそ。

五

笛も、太鼓も音を絶えて、唯御手洗の水の音。寂として其の夜更け行く。此の宮の境内に、階の方から、カタンカタン、三ツ四ツ七ツ足駄の歯の高響。

背丈のほども惟わるる、あの百日紅の樹の枝に、真黒な立烏帽子、鈍色に黄を交えた練衣に、水色のさしぬきした神官の姿一体。社殿の雪洞も早や影の届かぬ、暗夜の中に顕われたのが、やや屈みなりに腰を捻って、其の百日紅の梢を覗いた、霧に朦朧と火が映って、ほんのりと薄紅の射したのは、其処に焚落した篝火の残余である。

此の明で、白い襟、烏帽子の紐の縹色なのがほのかに見える。渋紙した顔に黒痘痕、塵を飛ばしたようで、尖がった目の光、髪はげ、眉薄く、頬骨の張った、其の顔容を見ないでも、夜露ばかり雨のないのに、其の高足駄の音で分る、本田摂理と申す、此の宮の社司で……草履か高足駄の他は、下駄を穿かないお神官。

小児が社殿に遊ぶ時、摺違って通っても、じろりと一睨みをくれるばかり。威あって容易く口を利かぬ。それを可恐くは思わぬが、此の社司の一子に、時丸と云うのがあって、おなじ悪戯盛であるから、或時、大勢が軍ごっこの、番に当って、一子時丸が馬に成った、叱！　騎った奴がある。……で、廻廊を這った。

大喝一声、太鼓の皮の裂けた音して、

「無礼もの！」

社務所を虎の如く猛然として顕われたのは摂理の大人で。

「動！」と喚くと、一子時丸の襟首を、長袖のまま引攫み、壇を倒に引落し、ずるずると広前を、石の大鉢の許に攫み去って、いきなり衣帯を剥いで裸にすると、天窓から柄杓で浴びせた。

「塩を持て、塩を持て」

塩どころじゃない、百日紅の樹を前にした、社務所と別な住居から、よちよち、臀を横に振って、肥った色白な大丸髷が、夢中で駆けて来て、一子の水垢離を留めようとして、身を楯に逸るのを、仰向けに、ドンと蹴倒いて、

「汚れものが、退り居れ。――塩を持て、塩を持てい」

いや、小児等は一すくみ。

あの顔一目で縮み上る……

が、大人に道徳と云うはそぐわぬ。博学深識の従七位、花咲く霧に烏帽子は、大宮人の風情がある。

「火を、ようしめせよ、燠が散るぞよ」

と烏帽子を下向けに、其の住居へ声を掛けて、樹の下を出しなの時、

「雨は何うじゃ……些と曇ったぞ」と、密と、袖を捲きながら、紅白の旗のひらひらする、小松大松のあたりを見た。

「あの、大旗が濡れては成らぬが、降りもせまいかな」

と半ば呟き呟き、颯と巻袖の笏を上げつつ、唯恁う、石の鳥居の彼方なる高き帆柱の如き旗棹の空を仰ぎながら、カタリカタリと足駄を踏んで、斜めに木の鳥居に近づくと、呀！

鼻の提灯真赤な猿の面、飴屋一軒、犬も居らぬに、杢若が明かに店を張って、暗がりに、のほんとして居る。

馬鹿が柏手を拍った。

「御前様」

「杢か」

「ひひひひ」

「何をして居る」

「少しも売れませんわい」

「馬鹿が」

と夜陰に、一つ洞穴を抜けるような乾びた声の大音で、

「何を売るや」

「美しい衣服だがのう」

「何？」

暗を見透かすようにすると、ものの静かさ、松の香が芬とする。

六

鼠色の石持、黒い袴を穿いた宮奴が、百日紅の下に影の如く蹲まって、びしゃッびしゃッと、手桶を片手に、箒で水を打つのが見える、と……其処へ——

あれあれ何じゃ、ばばばばば、と赤く、かなで書いた字が宙に出て、白い四角な燈が

通る、三個の人影、六本の草鞋の脚。

燈一つに附着合って、スッと鳥居を潜って来たのは、三人斉しく山伏也。白衣に白布の顱巻したが、面こそは異形なれ。丹塗の天狗に、緑青色の般若と、面白く鼻の黄なる狐である。魔とも、妖怪変化とも、もし此が通魔なら、あの火をしめす宮奴が気絶をしないで堪えるものか。で、般若は一挺の斧を提げ、天狗は注連結いたる半弓に矢を取添え、狐は腰に一口の太刀を佩く。

中に荒縄の太いので、笈摺めかいて、灯した角行燈を荷ったのは天狗である。が、これは、勇ましき男の獅子舞、媚かしき女の祇園囃子などに斉しく、特に夜に入って練歩行く、祭の催物の一つで、意味は分らぬ、〈やしこばば〉と称うる若連中のすさみである。それ、腰にさげ、帯にさした、法螺の貝と横笛に拍子を合せて、

やしこばば、うばば、
うば、うば、うばば。
火を一つ貸せや、
火はまだ打たぬ。
あれ、あの山に、火が一つ見えるぞ。

やしこばば、うばば、

うば、うば、うばば。

……と唄う、ただそれだけを繰返しながら、矢をはぎ、斧を舞わし、太刀をかざして、頤から頭なりに、首を一つぐるりと振って、交る交るに緩く舞う。舞果てると鼻の尖に指を立てて、臨兵闘者云々と九字を切る。一体、悪魔を払う趣意だと云うが、何うやら夜陰の此の業体は、魑魅魍魎の類を、呼出し招き寄せるに髣髴として、実は、怪希に、怪しく不気味なものである。

然も些と来ようが遅い。渠等は社の抜裏の、くらがり坂とて、穴のような中を抜けて弗と此処へ顕われたが、坂下に大川一つ、橋を向うへ越すと、山を屏風に繞らした、翠帳紅閨の衢がある。おなじ時に祭だから、宵から、其の軒、格子先を練廻って、ここに時をくれたものであろう。が、あれ、何処ともなく瀬の音して、雨雲の一際黒く、大なる蜘蛛の浸んだような、峯の天狗松の常燈明の一つ灯が、地獄の一つ星の如く見ゆるにつけても、何うやら三体の通魔めく。

渠等は、すっと来て通り際に、従七位の神官の姿を見て、黙って、言い合わせたように、音の無い草鞋を留めた。

此の行燈で、巣に搦んだいろいろの虫は、空蟬の其の羅の柳条目も見えた。灯に蛾よりも鮮明である。

但し異形な山伏の、天狗、般若、狐も見えた。が、一際色は、杢若の鼻の頭で、

「えら美しい衣服じゃろがな」

と蠢かいて言った処は、青竹二本に渡したにつけても、魔道に於ける七夕の貸小袖と云う趣である。

従七位の摂理の太夫は、黒痘痕の皺を曲めて、苦笑して、

「白痴が。今にはじめぬ事じゃが、先ず此が衣類ともせい……何処の棒杭が此を着るよ。余りの事ゆえ尋ねるが、おのれとても、氏子の一人じゃ、恁う訊くのも、氏神様の」

と厳に袖に笏を立てて、

「恐多いが、思召じゃと然う思え。誰が、着るよ、此の白痴、蜘蛛の巣を」

「綺麗なのう、若い婦人じゃい」

「何」

「綺麗な若い婦人は、お姫様じゃろがい、其のお姫様が着さっしゃるよ」

「天井か、縁の下か、そんなものが何処に居る？」

と従七位は又苦い顔。

七

杢若は莚の上から、古綿を啣えたような唇を仰向けに反らして、

「あんな事を言って、従七位様、天井や縁の下にお姫様が居るものかよ」

馬鹿にしないもんだ、と抵抗面は可かったが、

「解った事を、草の中に居るでないかね……」

果然、言う事が此である。

「然うじゃろう、草の中で無うて、そんなものが居るものか。ああ、何と云う、どんな虫じゃい」

「あれ、虫だとよう、従七位様、えらい博識な神主様がよ。お姫様は茸だものをや。……虫だとよう、あはは、あはは」と、火食せぬ奴の歯の白さ、べろんと舌の赤い事。

「茸だと……これ、白痴。聞くものはないが、余り不便じゃ。氏神様のお尋ねだと思え。茸が婦人か、おのれの目には」

「紅茸と言うだあね、薄紅うて、白うて、美い綺麗な婦人よ。あれ、知らっしゃんねえがな、此位な事をや」

従七位は、白痴の毒気を避けるが如く、笏を廻わして、二つ三つ這奴の鼻の尖を払いながら、

「ふん、で、其の、おのれが婦は、蜘蛛の巣を被って草原に寝て居るじゃな」

「寝る時は裸体だよ」

「む、茸はな」

「起きとっても裸体だにのう。——

粧飾す時に、薄らと裸体に巻く宝ものの美い衣服だよ。此は……」

「うむ、天の恵は洪大じゃ。茸にもさて、被るものをお授けなさるじゃな」

「違うよ。——お姫様の、めしものを持て——侍女が然う言うだよ」

「何じゃ。侍女とは」

「矢張り、はあ、真白な膚に薄紅のさした紅茸だあね。おなじものでも位が違うだ。人間に、神主様も飴屋もあると同一でな。……従七位様は何も知らっしゃらねえ。あはは、松簟なんぞは正七位の御前様だ。錦の褥で、のほんとして、お姫様を視めて居るだ」

「黙れ！　白痴！……と、此様なものじゃ」

と従七位は、山伏どもを、じろじろと横目に掛けつつ、過言を叱する威を示して、

「で、で、其の衣服は何うじゃい」

「ははん——姫様のおめしもの持て——侍女が然う言うと、黒い処へ、黄色と紅条の縞を持った女郎蜘蛛の肥た奴が、両手で、へい、此の金銀珠玉だや、其を、其の織込んだ、透通る錦を捧げて、赤練蛇と言うだね、燃える炎のような蛇の鱗へ、馬乗りに乗って、谷底から駆けて来ると、蜘蛛も光れば蛇も光る」

と物語る。君が所謂実家の話柄とて、喋舌る杢若の目が光る。と、黒痘痕の眼も輝き、天狗、般若、白狐の、六個の眼玉も赫と成る。

「まだ足りないで、燈を——燈を、と細い声して言うと、土からも湧けば、大木の幹にも伝わる、土蜘蛛だ、朽木だ、山蛭だ、俺が実家は祭礼の蒼い万燈、紫色の揃いの提灯、さいかち茨の赤い山車だ」

と言う……葉ながら散った、山葡萄と山茱萸の夜露が化けた風情にも、深山の状が思わるる。

「何時でも俺は、気の向いた時、勝手にふらりと実家へ行くだが、今度は山から迎いが来

たよ。祭礼に就いてだ。此の間、宵に大雨のどっとと降った夜さり、あの用心池の水溜の処を通ると、掃溜の前に、円い笠を着た黒いものが蹲踞んで居たがね、俺を見ると、ぬうと立って、すぽんすぽんと歩行き出して、雲の底に月のある、どしゃ降の中でな、時々、のほん、と立停っては俺が方をふり向いて見い見いするだ。頭からずぼりと黒い奴で、顔は分んねえだが、此方を呼びそうにするから、其の後へついて行くと、石の鳥居から曲って入って、此方へ来ると見えなく成った——

俺あ家へ入ろうと思うと、向うの百日紅の樹の下に立って居る……」

指した方を、従七位が見返った時、もう其処に、宮奴の影はなかった。

御手洗の音も途絶えて、時雨のような川瀬が響く。……

八

「其のまんま消えたがのう。お社の柵の横手を、坂の方へ行ったらしいで、後へ、すたすた。坂の下口で気が附くと、驚かしやがらい、畜生めが。俺の袖の中から、皺びた、いぼいぼのある蒼い顔を出して笑った。——山は御祭礼で、お迎いだ——とよう。……此奴はよ、大い蕈で、釣鐘蕈と言うて、叩くとガーンと音のする、功羅経た親仁よ。……巫山戯た爺が、驚かしやがって、頭をコンとお見舞申そうと思ったりや、もう、すっこ抜けて、坂の中途の樫の木の下に雨宿りと澄ましてけつかる。

川端へ着くと、薄らと月が出たよ。大川はいつもより幅が広い、霧で茫として海見たようだ。流の上の真中へな、小船が一艘。――前刻ここで木の実を売って居った婦のような、丸い笠きた、白い女が二人乗って、川下から流を逆に泳いで通る、漕ぐじゃねえ。底蛇と言うて、川に居る蛇が船に乗っけて底を渡るだもの。船頭なんか、要るものかい、ははん」

と高慢な笑い方で、

「船からよ、白い手で招くだね。黒親仁は俺を負って、ざぶざぶと流を渡って、船に乗った。二人の婦人は、柴に附着けて売られたっけ、毒だ言うて川下へ流されたのが遁げて来ただね。

ずっと川上に行くと、其処等は濁らぬ。山奥の方は明い月だ。真蒼な激い流が、白く颯と分れると、大な蛇が迎いに来た、でないと船が、もう其の上は小蛇の力で動かんでな。底を背負って、一廻りまわって、船首へ、鎌首を擡げて泳ぐ、龍頭の船と言うだとよ。

俺は殿様だ。……

大巌の岸へ着くと、其の鎌首で、親仁の頭をドンと敲いて、〈お先へ〉だってよ、べろりと赤い舌を出して笑って谷へ隠れた。山路はぞろぞろと皆、お祭礼の茸だね。坊様も尼様も交ってよ、尼は大勢、びしょびしょびしょと湿った処を、坊主様は、すたすたすたすた乾いた土を行く。湿地茸、木茸、針茸、革茸、羊肚茸、白茸、やあ、一杯だ一杯だ」

と莚の上を膝で刻んで、嬉しそうに、ニヤニヤして、

「初茸なんか、親孝行で、夜遊びはいたしません、指を啣えて居るだよ。……さあ、お姫様の踊がはじまる」

と、首を横に掉って手を敲いて、

「お姫様も一人ではない。侍女は千人だ。女郎蜘蛛が蛇に乗っちゃ、ぞろぞろぞろぞろ皆な衣装を持って来ると、すっと巻いて、袖を開く。裾を浮かすと、紅玉に乳が透き、緑玉に股が映る、金剛石に肩が輝く。薄紅い影、青い隈取り、水晶のような可愛い目、珊瑚の玉は唇よ。揃って、すっ、はらりと、すっ、袖をば、裳をば、碧に靡かし、紫に颯と捌く、薄紅を飜す。

笛が聞こえる、鼓が鳴る。ひゅうら、ひゅうら、ツテン、テン、おひゃら、ひゅうい、チテン、テン、ひゃあらひゃあら、トテン、テン」

廓のしらべか、松風か、ひゅうら、ひゅうら、ツテン、テン。あらず、天狗の囃子であろう、杢若の声を遥に呼交す。

「唄は、やしこばばの唄なんだよ、ひゅらひゅら、ツテン、テン、
　やしこばば、うばば、
うば、うば、うばば、
　火を一つくれや……」

と、唄うに連れて、囃子に連れて、少しずつ手足の科した、三個の這個山伏が、腰を入れ、肩を撓め、首を振って、踊出す。太刀、斧、弓矢に似もつかず、手足のこなしは、しなやかなものである。

従七位が、首を廻わいて、笏を振って、臂を廻わいた。

二本の幟はたはたと飜り、虚空を落す天狗風。

蜘蛛の囲の虫晃々と輝いて、鏘然、珠玉の響あり。

「幾千金ですか」

般若の山伏が恁う聞いた。其の声の艶に媚かしいのを、神官は怪んだが、やがて三人とも仮装を脱いで、裸体にして縷無き雪の膚を顕わすのを見ると、いずれも、……血色うつくしき、肌理細かなる婦人である。

「銭ではないよ、皆な裸に成れば一反ずつ遣る」

価を問われた時、杢若が蜘蛛の巣を指して、然う言ったからであった。

裸体に、被いて、大旗の下を行く三人の姿は、神官の目に、実に、紅玉、碧玉、金剛石、真珠、珊瑚を星の如く鏤めた羅綾の如く見えたのである。

神官は高足駄で、よろよろと成って、鳥居を入ると、住居へ行かず、階を上って拝殿に入った。が、額の下の高麗べりの畳の隅に、人形のように成って坐睡りをして居た、十四に成る緋の袴の巫女を、いきなり、引立てて、袴を脱がせ、衣を剥いだ。……此の巫女は、当年初に給えたので、恁うされるのが掟だと思って自由に成ったそうである。

宮奴が仰天した、馬顔の、痩せた、貧相な中年もので、予て吶であった。

「従、従、従、従、従七位、七位様、何、何、何、何事！」

笏で、ぴしゃりと胸を打って、

「退りおろうぞ」

で、虫の死だ蜘蛛の巣を、巫女の頭に翳したのである。

嘗て、山神の社に奉行した時、丑の時参詣を谷へ蹴込んだり、と告った、大権威の摂理太夫は、これから発狂した。

——既に、廓の芸妓三人が、あるまじき、其の夜、其の怪しき仮装をして内証で練った、と云うのが、尋常ごとではない。

十日を措かず、町内の娘が一人、白昼、素裸に成って格子から抜けて出た。門から手招きする杢若の、あの、宝玉の錦が欲しいのであった。余りの事に、これは親さえ組留められず、あれあれと追う間に、番太郎へ飛込んだ。

市の町々から、やがて、木蓮が散るように、幾人となく女が舞込む。

——夜、其の小屋を見ると、おなじような姿が、白い陽炎の如く、杢若の鼻を取巻いて居るのであった。

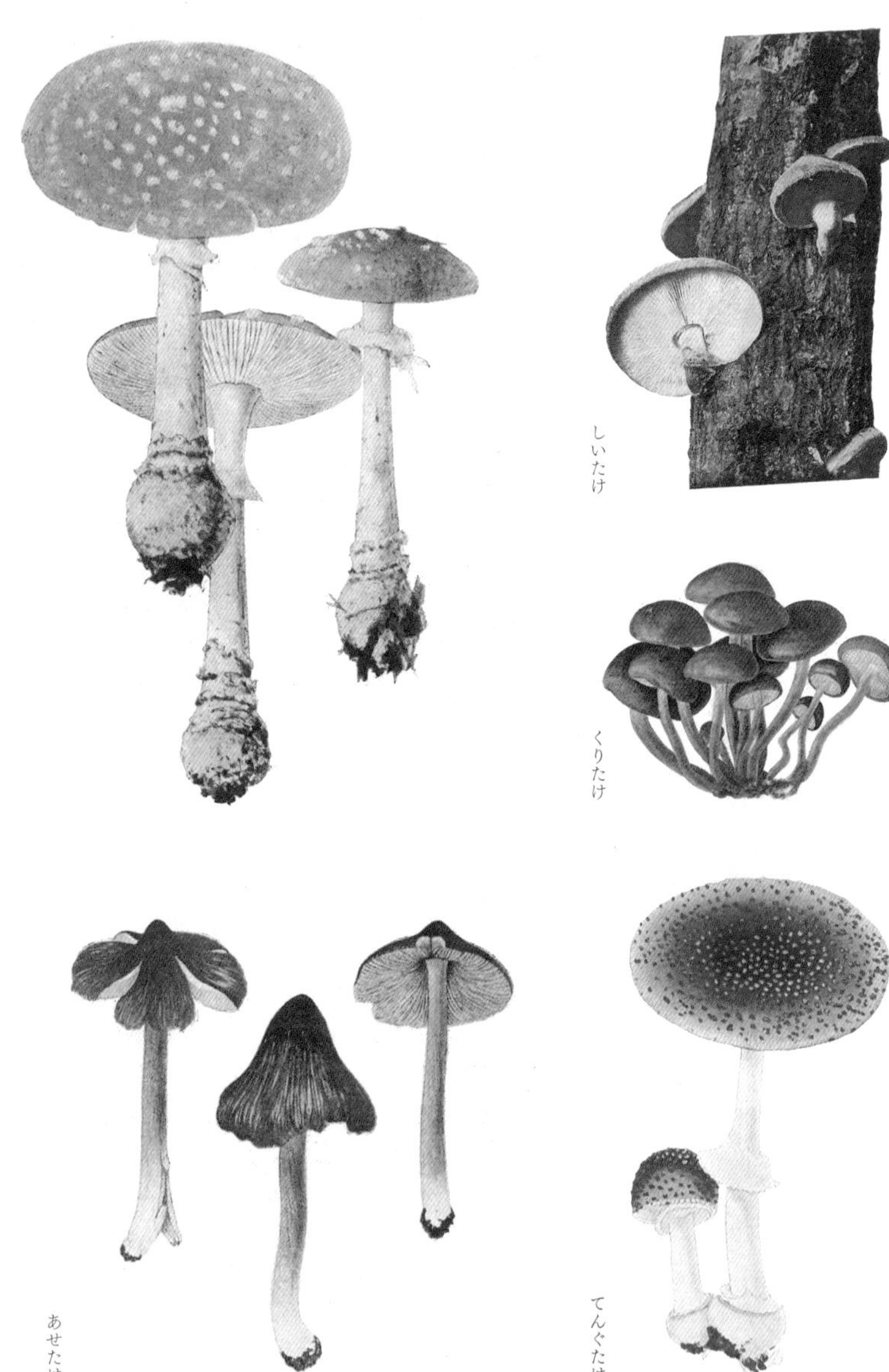

きてんぐたけ

しいたけ

くりたけ

あせたけ

てんぐたけ

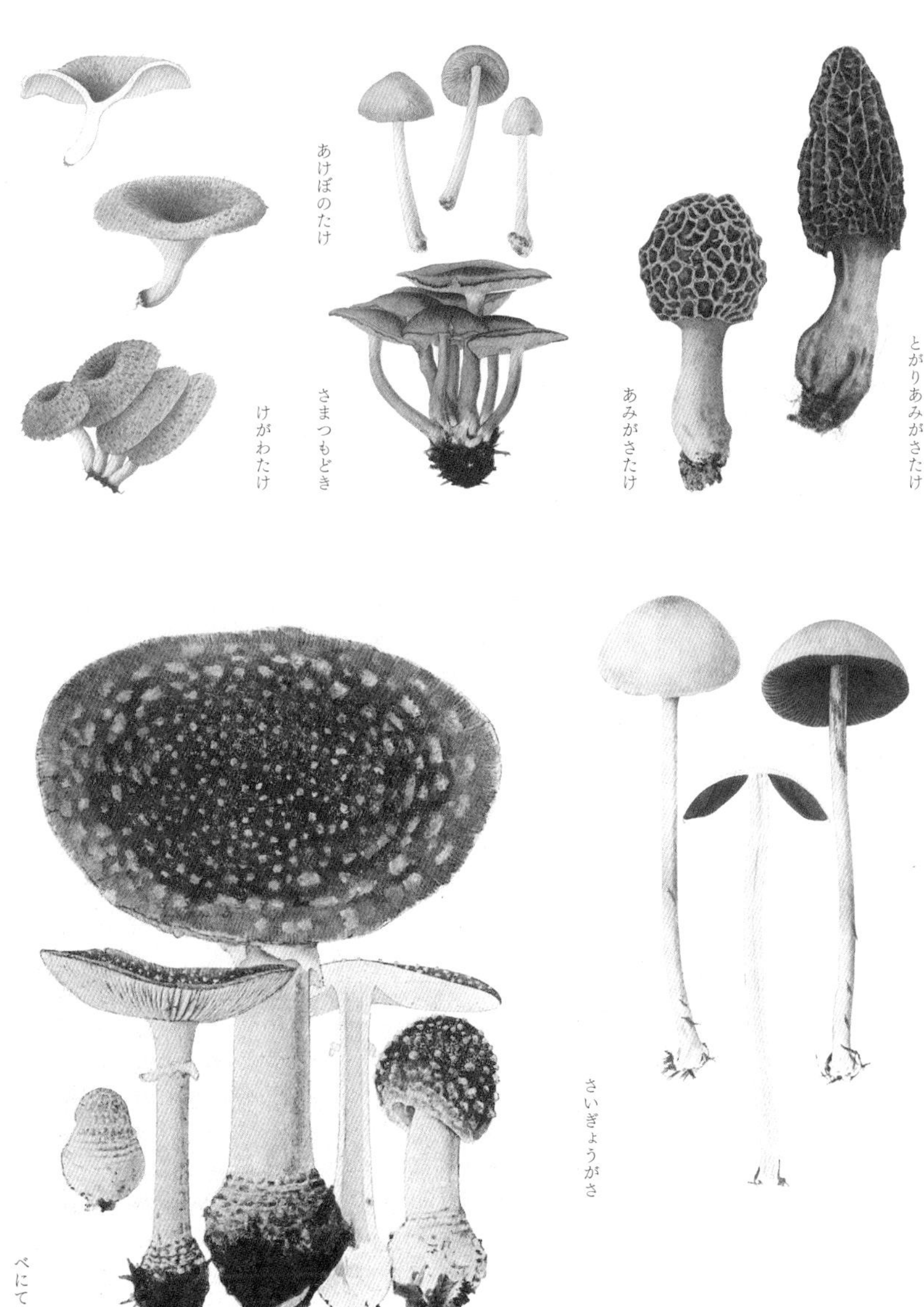

とがりあみがさたけ
あみがさたけ
あけぼのたけ
さまつもどき
けがわたけ
さいぎょうがさ
べにてんぐたけ

寸情風土記

金沢の正月は、お買初め、お買初めの景気の好い声にてはじまる。初買なり。二日の夜中より出立つ。元日は何の商売も皆休む。初買の時、競って紅鯛とて縁起ものを買う。笹の葉に、大判、小判、打出の小槌、宝珠など、就中、緋に染色の大鯛小鯛を結付くるによって名あり。お酉様の熊手、初卯の繭玉の意気なり。北国ゆえ正月はいつも雪なり。雪の中を此の紅鯛綺麗なり。此のお買初めの、雪の真夜中、うつくしき灯に、新版の絵草紙を母に買ってもらいし嬉しさ、忘れ難し。

おなじく二日の夜、町の名を言いて、初湯を呼んで歩く風俗以前ありたり、今もあるべし。たとえば、本町の風呂屋じゃ、湯が沸いた、湯がわいた、と此のぐあいなり。これが半纏向うはち巻の威勢の好いのでなく、古合羽に足駄穿き懐手して、のそりのそりと歩行きながら呼ぶゆえをかし。金沢ばかりかと思いしに、久須美佐渡守の著す、〈浪華の風〉と云うものを読めば、昔、大阪に此のことあり――二日は暁七つ時前より市中螺など吹いて、わいたわいたと大声に呼びあるきて湯のわきたるをふれ知らす、江戸には無きことなり――とあり。

氏神の祭礼は、四五月頃と、九十月頃に、春秋二度ずつあり、小児は大喜びなり。秋の祭の方賑し。祇園囃子、獅子など出づるは皆秋の祭なり。子供たちは、手に手に太鼓の撥を用意して、社の境内に備えつけの大太鼓をたたきに行き、また車のつきたる黒塗の台にのせて此れを曳きながら打囃して市中を練りまわる。ドドンガドン。こりゃ、と合の手に囃す。わっしょいわっしょいと云処なり。

祭の時のお小遣を飴買銭と云う。飴が立てものにて、鍋にて暖めたるを、麻殻の軸にくるりと巻いて売る。飴買って麻やろか、と言うべろんの言葉あり。饅頭買って皮やろかなり。御祝儀、心づけなど、軽少の儀を、此は、ほんの飴買銭。

金沢にて銭百と云うは五厘なり、二百が一銭、十銭が二貫なり。ただし、一円を二円とは云わず。

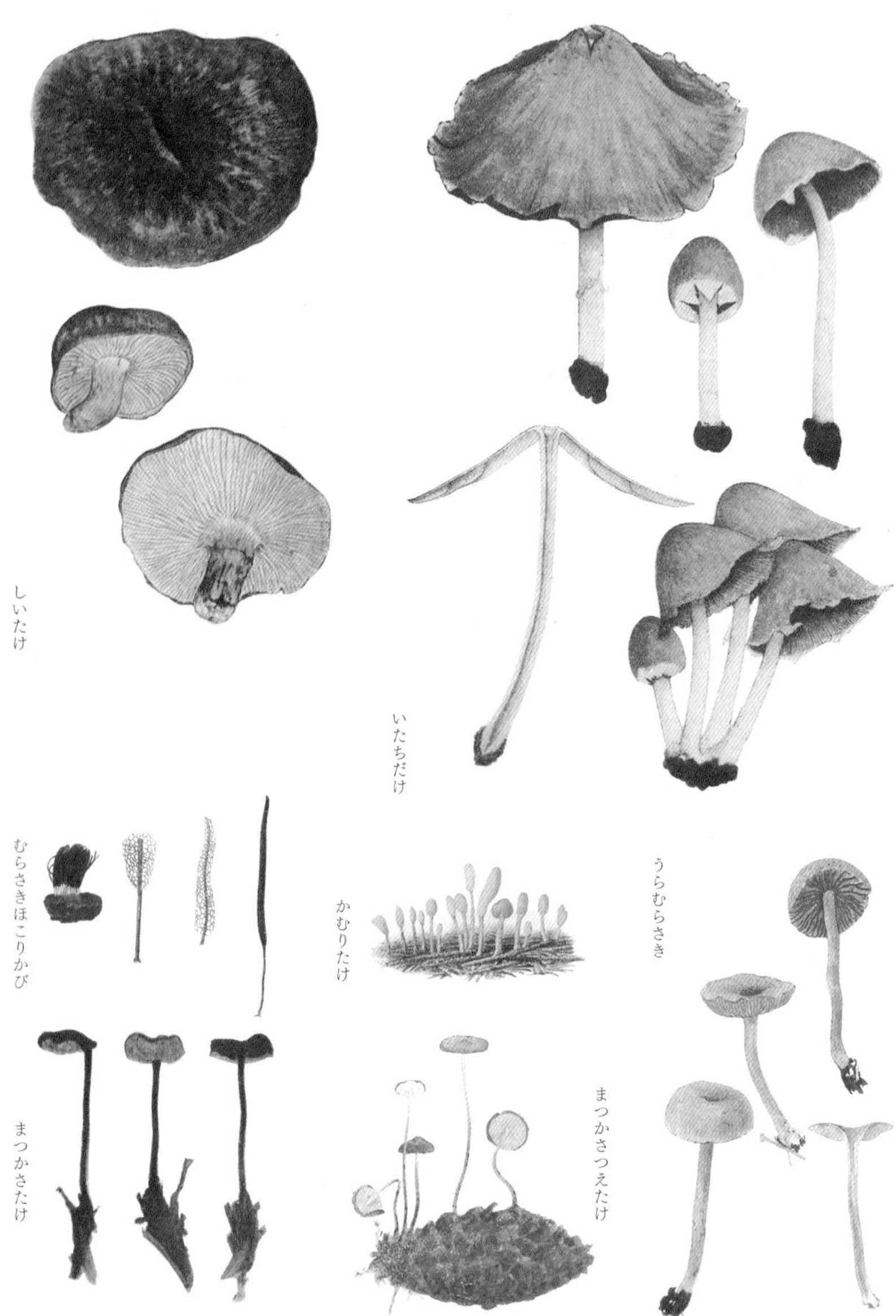
しいたけ
いたちだけ
むらさきほこりかび
かむりたけ
うらむらさき
まつかさたけ
まつかさつえたけ

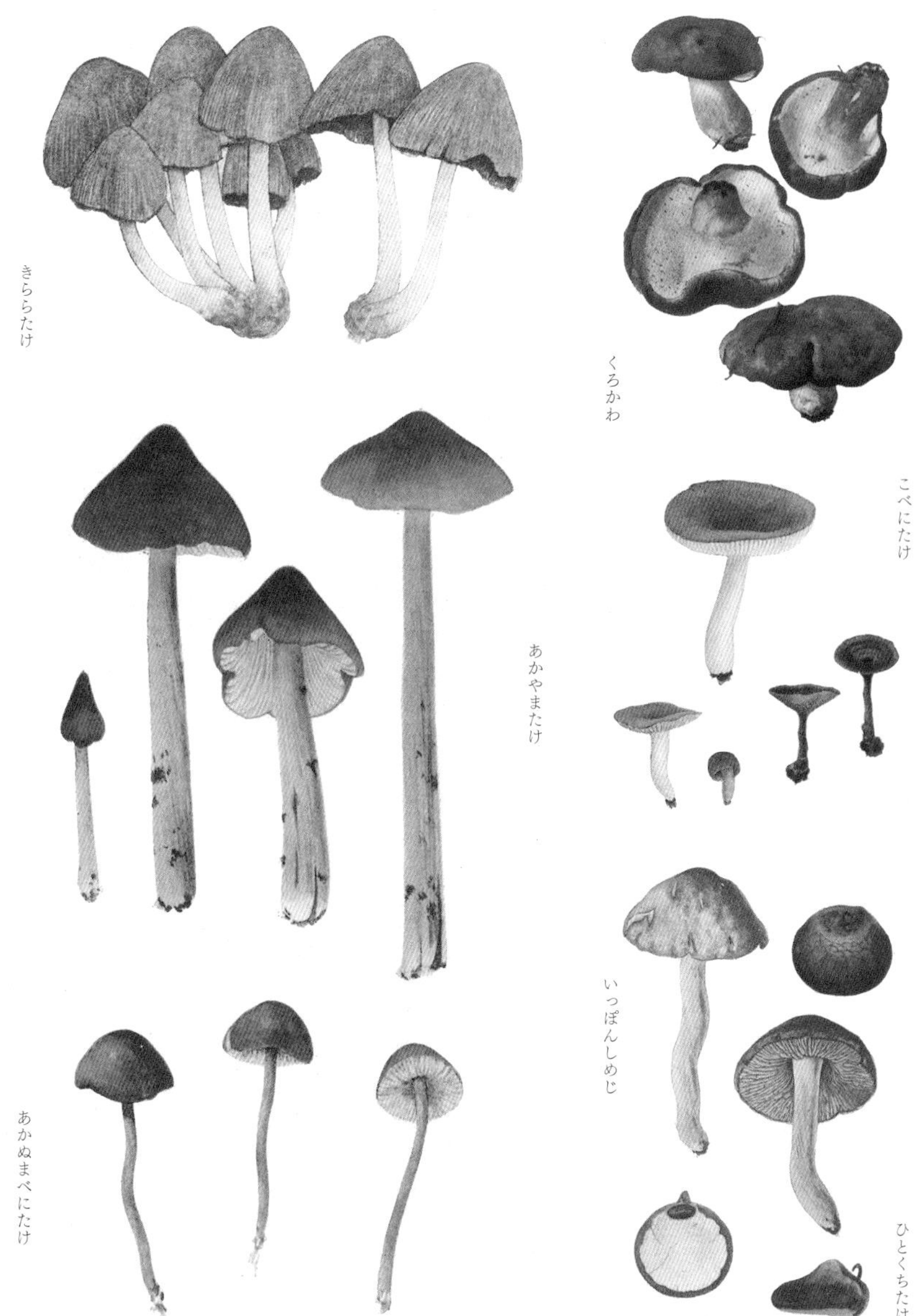

こべにたけ
くろかわ
きららたけ
あかやまたけ
いっぽんしめじ
ひとくちたけ
あかぬまべにたけ

蒲鉾の事をはべん、はべんをふかしと言う。即ち紅白のはべんなり。皆板についたままを半月に揃えて鉢肴に装る。逢いたさに用なき門を二度三度、と言う心意気にて、ソッと白壁、黒塀について通るものを、「あいつ板付はべん」と言う洒落あり、古い洒落なるべし。

お汁の実の少ないのを、百間堀に霰と言う。田螺と思ったら目球だと、同じ格なり。百間堀は城の堀にて、意気も不意気も、身投の多き、昼も淋しき所なりしが、埋立てたれば今はなし。電車が通る。満員だろう。心中したのがうるさかりなん。

春雨のしめやかに、謎を一つ。……何枚衣ものを重ねても、お役に立つは膚ばかり、何？……筍。

然るべき民謡集の中に、金沢の童謡を記して〈鳶のおしろに鷹匠が居る、あっち向いて見さい、こっち向いて見さい〉としたるは可きが、おしろに註して〈お城〉としたにはて吃驚なり。おしろは後のなまりと知るべし。此の類あまたあり。茸狩りの唄に、〈松みみ、親に孝行なもんに当れ〉此の松みみに又註して、松茸とあり。飛んだ間違なり。金沢にて言う松みみは初茸なり。此の茸は、松美しく草浅き所にあれば子供にも獲らるべし。〈つくしん坊めっかりこ〉ぐらいな子供に、何処だって松茸は取れはしない。一体童謡を収録するのに、なまりを正したり、当推量の註釈は大の禁物なり。

鬼ごっこの時、鬼ぎめの唄に、……〈あてこに、こてこに、いけの縁に茶碗を置いて、危いことじゃった〉同じ民謡集に、此のいけに〈池〉の字を当ててあり。あの土地にて言ういけは井戸なり。井戸のふちに茶碗ゆえ、けんのんなるべし。〈かしや、かなざもの、しんたてまつる云々〉これは北海道の僻地の俚謡なり。其処には、金沢の人多人数、移住したるゆえ、故郷にて、〈加州金沢の新竪町の云々〉と云うのが、次第になまりて〈かしや、かなざものしんたてまつる〉知るべし、民謡に註の愈々不可なること。

新竪町、犀川の岸にあり。ここに珍しき町の名に、大衆免、木の新保、柿の木畠、油車、目細小路、四這坂。例の公園に上る坂を尻垂坂は何した事？母衣町は、十二階辺と言う意味に通いしが今は然らざる也。——六斗林は筍が名物。目黒の秋刀魚の儀にあらず、実際の筍なり。百々女木町も字に似ず音強し。

買物にゆきて買う方が、〈こんね〉で、店の返事が〈やあやあ〉帰る時、買った方で、有がとう存じます、は君子なり。——ほめるのかい——いいえ。

地震めったになし。しかし、其のぐらぐらと来る時は、家々に老若男女、声を立てて、世なおし、世なおし、世なおしと唱う。何とも陰気にて薄気味悪し。雷の時、雷山へ行

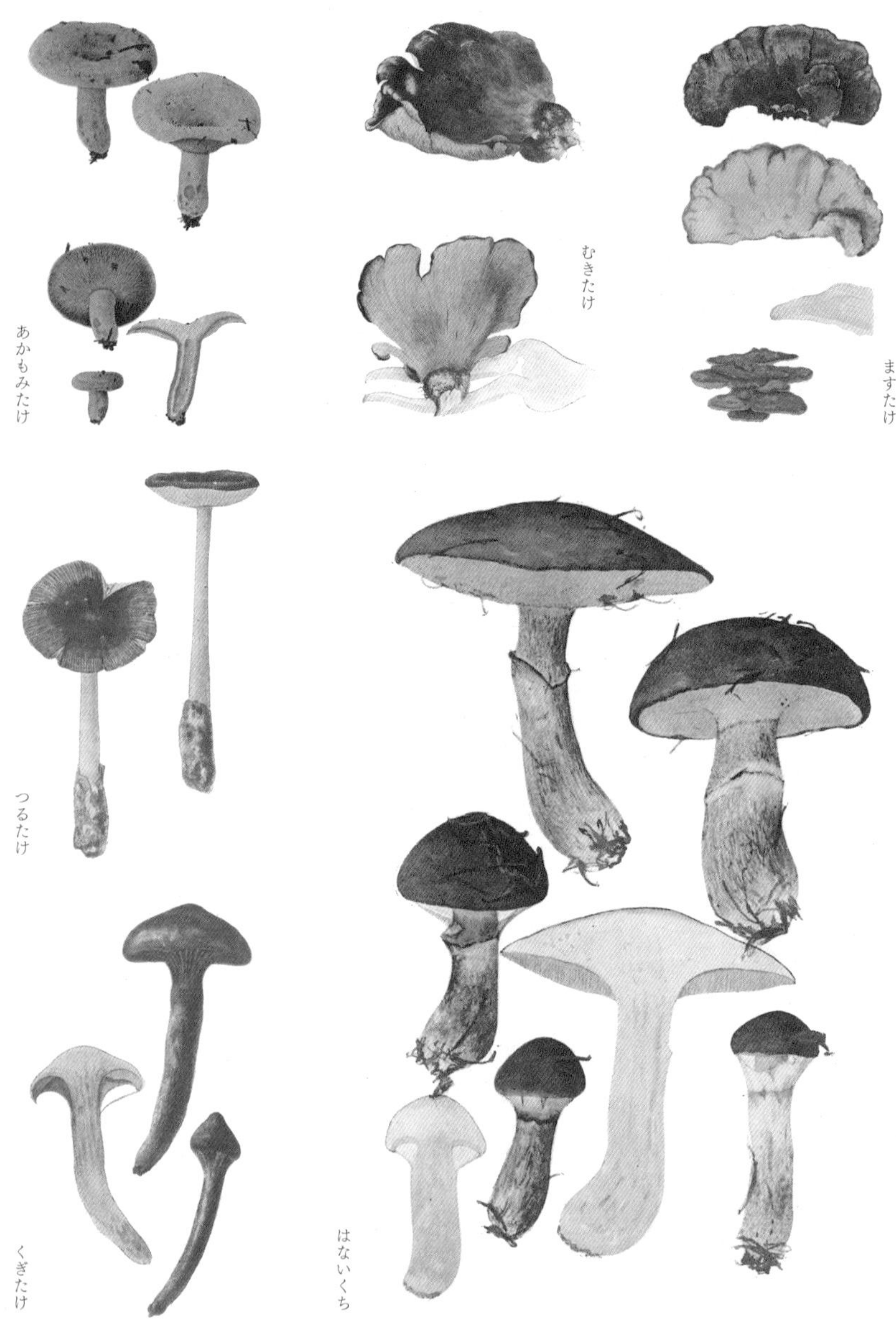
あかもみたけ
むきたけ
ますたけ
つるたけ
くぎたけ
はないくち

きつねのはながさ
はながさたけ
つきみたけ
いろがわり
うこんがさ

け、地震は海へ行けと唱う、ただし地震の時には唱えず。

火事をみて、火事のことを、ああ火事が行く、火事が行く、と叫ぶなり。弥次馬が駆けながら、互に声を合わせて、左、左、左、左。

夏のはじめに、よく蝦蟆売りの声を聞く。蝦蟆や、蝦蟆い、と呼ぶ。又此の蝦蟆売りに限りて、十二三、四五位なのが、きまって二人連れにて歩くなり。よって怪しからぬ二人連を、畜生、蝦蟆売りめ、と言う。ただし蝦蟆は赤蛙なり。蝦蟆や、蝦蟆い。――そのあとから山男のような小父さんが、柳の虫は要らんかあ、柳の虫は要らんかあ。

鯖を、鯖や三番叟、とすてきに威成よく売る、おやおや、初鰹の勢だよ。鰯は五月を季とす。さし網鰯とて、砂のまま、笊、盤台にころがる。嘘にあらず、鯖、鯔ほどの大さなり。値安し。これを焼いて二十食った、酢にして十食ったと云う男だて沢山なり。次手に、目刺なし。大小いずれも串を用いず、乾したるは干鰯という。土地にて、いなだは生魚にあらず、鰤を開きたる乾ものなり。夏中の好下物、盆の贈答に用うる事、東京に於けるお歳暮の鮭の如し。然ればその頃は、町々、辻々を、彼方からも、いなだ一枚、此方からも、いなだ一枚。

灘の銘酒、白鶴を、白鶴と読み、いろ盛をいろ盛と読む。娘盛を娘盛だと、お嬢さんのお酌にきこえる。

南瓜を、かぼちゃとも、勿論南瓜とも言わず皆ぼぶら。真桑を、美濃瓜。奈良漬にする浅瓜を堅瓜、此の堅瓜味よし。

蓑の外に、ばんどりとて似たものあり、蓑よりは此の方を多く用う。磯一峯が〈こし地紀行〉に安宅の浦を一里左に見つつ、と言う処にて、

〈大国のしるしにゃ、道広くして車を並べつべし、周道如砥とかや言いけん、毛詩の言葉まで思い出でらる。並木の松厳しく聯りて、枝をつらね蔭を重ねたり。往来の民、長き草にて蓑をねんごろに造りて目馴れぬ姿なり〉

と言いしはこれなるべし。ああ又雨ぞやと云う事を、又ばんどりぞやと云う習いあり。祭礼の雨を、ばんどり祭と称う。だんどりが違って子供は弱る。関取、ばんどり、おねばとり、と拍子にかかった言あり。負けずもうは、大雨にて、重湯のように腰が立たぬと云う後言なるべし。

いつぞや、同国の人の許にて、何かの話の時、鉢前のバケツにあり合せたる雑巾をさして、其の人、金沢で何んと言ったか覚えているかと問う。忘れたり。じぶきなり、其の人、長火鉢を、此れはと又問う。忘れたり。大和風呂なり。さて酔ぱらいの事を何んと言った

もえぎたけ
あしぼそあみがさたけ
まつたけもどき
みどりたけ
はすのはだけ
まめほこりかび
やぶれつちぐり
おうぎたけ
ちしおたけ
えりまきつちぐり

まつたけ

はつたけ

にがいくち

はりがねおちばたけ

うすたけ

っけ。二人とも忘れて、沙汰なし沙汰なし。

内証の情婦のことを、おきせんと言う。たしか近松の心中ものの何かに、おきせんとて此の言葉ありたり。どの浄瑠璃かしらべたけれど、おきせんも無いのに面倒なり。

真夏、日盛りの炎天を、門天心太と売る声きわめてよし。静にして、あわれに、可懐し。荷も涼しく、松の青葉を天秤にかけて荷う。いい声にて、長く引いて静に呼び来る。

もんてん、こころウぶとウ――

続いて、荻、萩の上葉をや渡るらんと思うは、盂蘭盆の切籠売の声なり。青竹の長棹にずらりと灯籠、切籠を結びつけたるを肩にかけ、二ツ三ツは手に提げながら、細くとおるふしにて、切籠ゥ行灯切籠――と売る、町の遠くよりきこゆるぞかし。

氷々、雪の氷と、こも俵に包みて売り歩くは雪をかこえるものなり。鋸にてザクザクと切って寄越す。日盛に、町を呼びあるくは、女や児たちの小遣取なり。夜店のさかり場にては、屈竟な若い者が、お祭騒ぎにて売る。土地の俳優の白粉の顔にて出た事あり。屋根より高い大行灯を立て、白雪の山を積み、台の上に立って、やあ、がばりがばりがばりがばりと喚く。行灯にも、白山氷がばりがばりと遣る。はじめ、がばりがばりは雪の安売に限りしなるが、次第に何事にも用いられて、投売、棄売り、見切売りの場合となると、瀬戸物屋、呉服店、札をたてて、がばりがばり。愚案ずるに、がばりは雪を切る音なるべし。

水玉草を売る、涼し。

夜店に、大道にて、鰌を割き、串にさし、付焼にして売るを関東焼とて行わる。蒲焼の意味なるべし。

四万六千日は八月なり。さしもの暑さも、此の夜のころ、観音の山より涼しき風そよそよと訪ずるる、可懐し。

唐黍を焼く香立つ也。

秋は茸こそ面白けれ。松茸、初茸、木茸、岩茸、占地いろいろ、千本占地、小倉占地、一本占地、榎茸、針茸、舞茸、毒ありとても紅茸は紅に、黄茸は黄に、白に紫に、坊主茸、饅頭茸、烏茸、鳶茸、灰茸など、本草にも食鑑にも御免蒙りたる恐ろしき茸にも、一つ一つ名をつけて、籠に装り、籠に狩る。茸爺、茸媼とも名づくべき茸狩りの古狸。町内に一人位ずつ必ずあり。山入の先達なり。

芝茸と称えて、笠薄樺に、裏白なる、小さな茸の、山近く谷浅きあたりにも群生して、子供にも就中これが容易き獲ものなるべし。毒なし。味もまた佳し。宇都宮にてこの茸

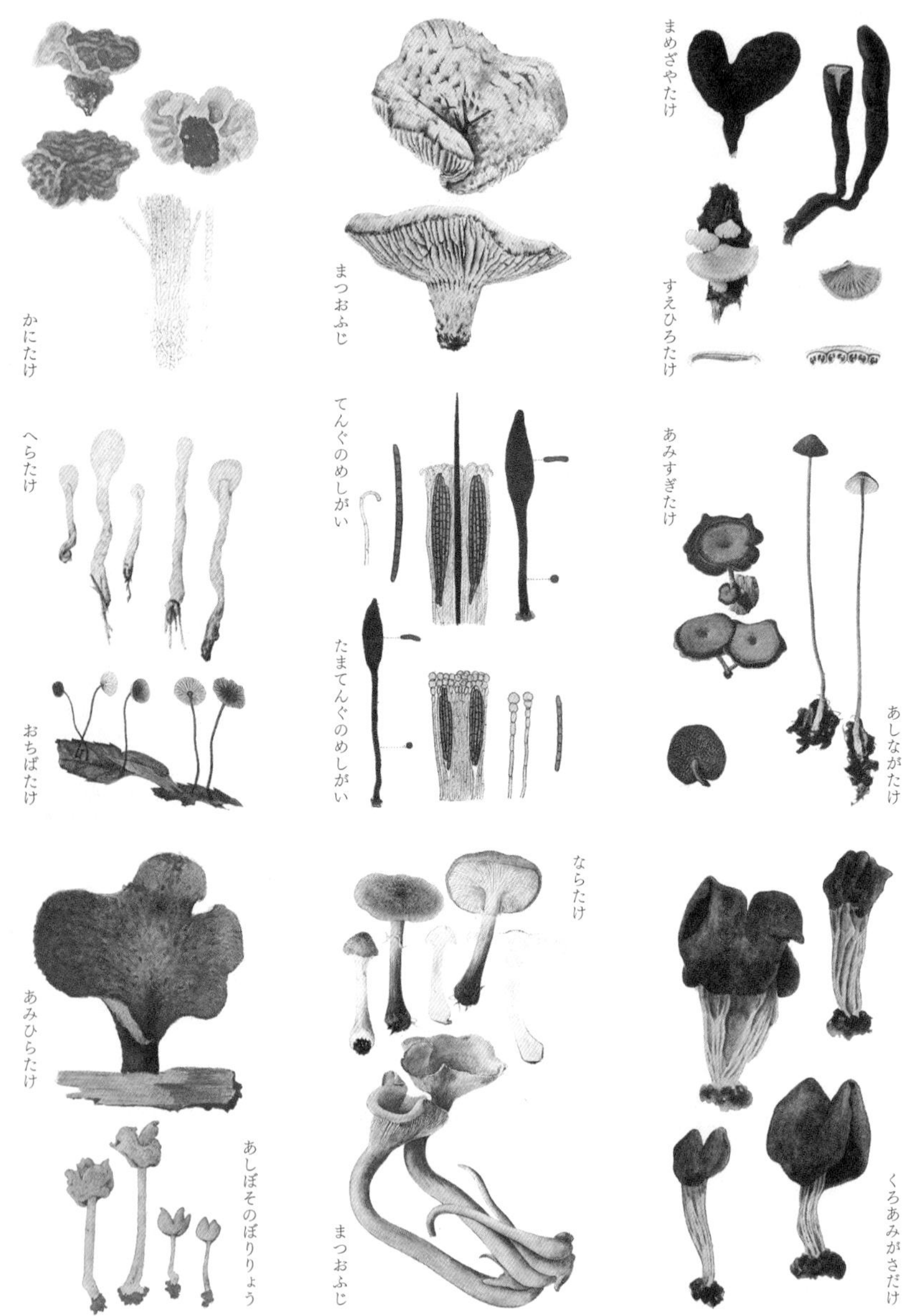
かにたけ
まつおふじ
まめざやたけ
すえひろたけ
へらたけ
てんぐのめしがい
あみすぎたけ
たまてんぐのめしがい
おちばたけ
あしながたけ
あみひらたけ
ならたけ
あしぼそのぼりりょう
まつおふじ
くろあみがさだけ

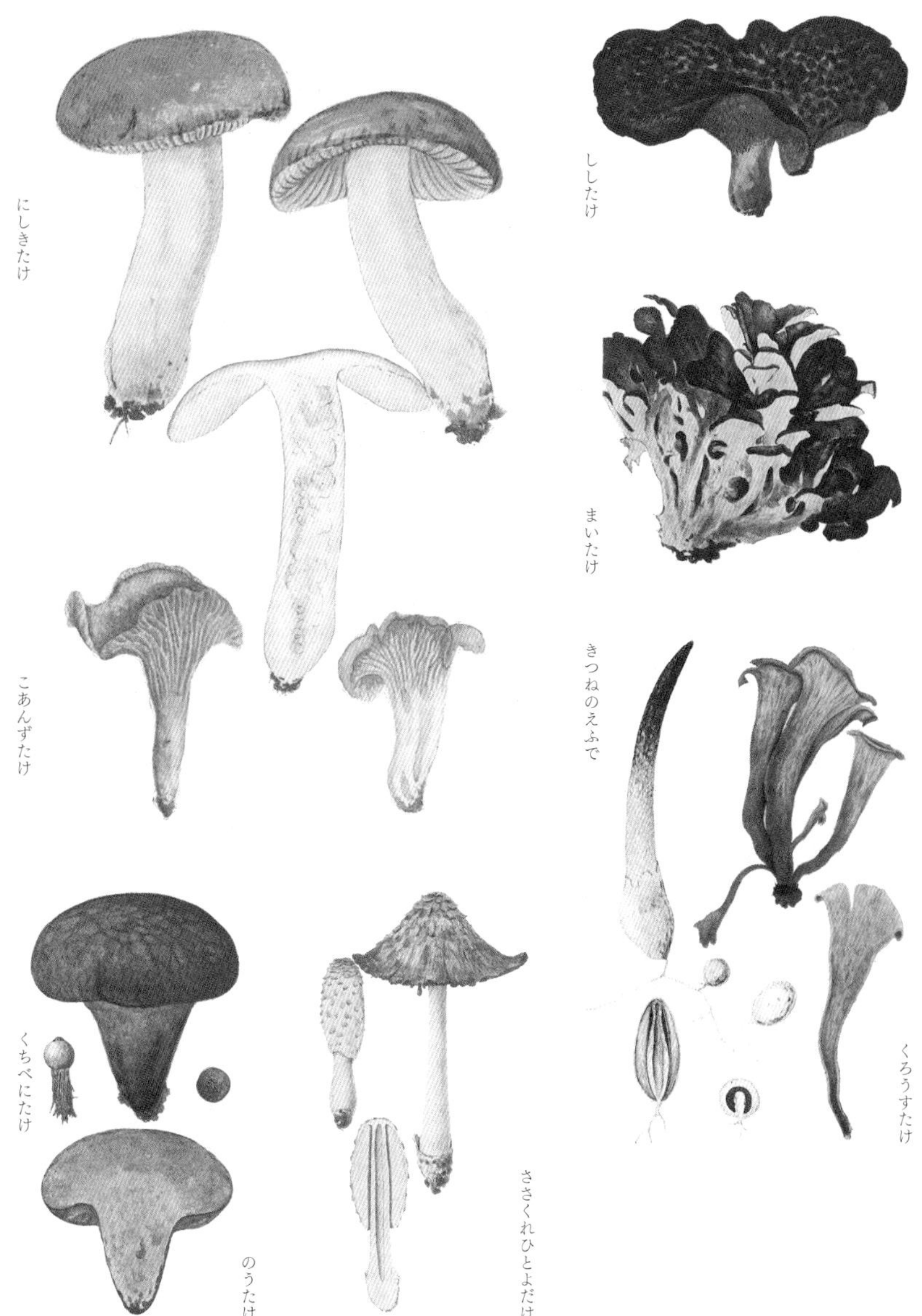
ししたけ
にしきたけ
まいたけ
きつねのえふで
こあんずたけ
くちべにたけ
くろうすたけ
のうたけ
ささくれひとよだけ

掃くほどあり。誰も食する者なかりしが、金沢の人の行きて、此れは結構と豆府の汁にしてつるつると賞玩してより、同地にても盛に取り用うるようになりて、それまで名の無かりしを金沢茸と称する由。実説なり。

茹栗、焼栗、可懐し。酸漿は然ることなれど、丹波栗と聞けば、里遠く、山遥に、仙境の土産の如く幼 心に思いしが。

松虫や——すず虫、と茣蓙きて、菅笠かむりたる男、籠を背に、大な鳥の羽を手にして山より出ず。

こつさいりんしんかとて柴をかつぎて、姉さん被りにしたる村里の女房、娘の、朝疾く町に出ずる状は、京の花売の風情なるべし。六ツ七ツ茸を薄に抜きとめて、手すさみに持てるも風情あり。

渡鳥、小雀、山雀、四十雀、五十雀、目白、菊いただき、あとりを多く耳にす。椋鳥少し。鶫 最も多し。

じぶと云う料理あり。だししたじに、慈姑、生麩、松露など取合わせ、魚鳥をうどんの粉にまぶして煮込み、山葵を吸口にしたるもの。近頃頻々として金沢に旅行する人々、皆その調味を賞す。

蕪の鮨とて、鰤の甘塩を、蕪に挟み、麹に漬けて圧しならしたる、いろどりに、小鰕を紅く散らしたるもの。此ればかりは、紅葉先生一方ならず賞めたまいき。ただし、四時常にあるにあらず、年の暮に霰に漬けて、早春の御馳走なり。

さて、つまみ菜、ちがえ菜、そろえ菜、たばね菜と、大根のうろ抜きの葉、露も次第に繁きにつけて、朝寒、夕寒、やや寒、肌寒、夜寒となる。其のたばね菜の頃ともなれば、大根の根、葉ともに霜白し、其の味辛し、然も潔し。

北国は天高くして馬瘦せたらずや。

大根曳きは、家々の行事なり。此れよりさき、軒につりて干したる大根を台所に曳きて沢庵に圧すを言う。今日は誰の家の大根曳きだよ、などと言うなり。軒に干したる日は、時雨颯と暗くかかりしが、曳く頃は霙、霰とこそなれ。冷たさ然こそ、東京にて恰もお葉洗と言う頃なり。夜は風呂ふき、早や炬燵こいしきまどいに、夏泳いだ河童の、暗く化けて、豆府買う沙汰がはじまる。

小著の中に、

　其の雲が時雨れ時雨れて、終日終夜降り続くこと二日三日、山陰に小さな青い月の影を見る暁方、ぱらぱらと初霰。さて世が変った様に晴れ上って、昼になると、寒

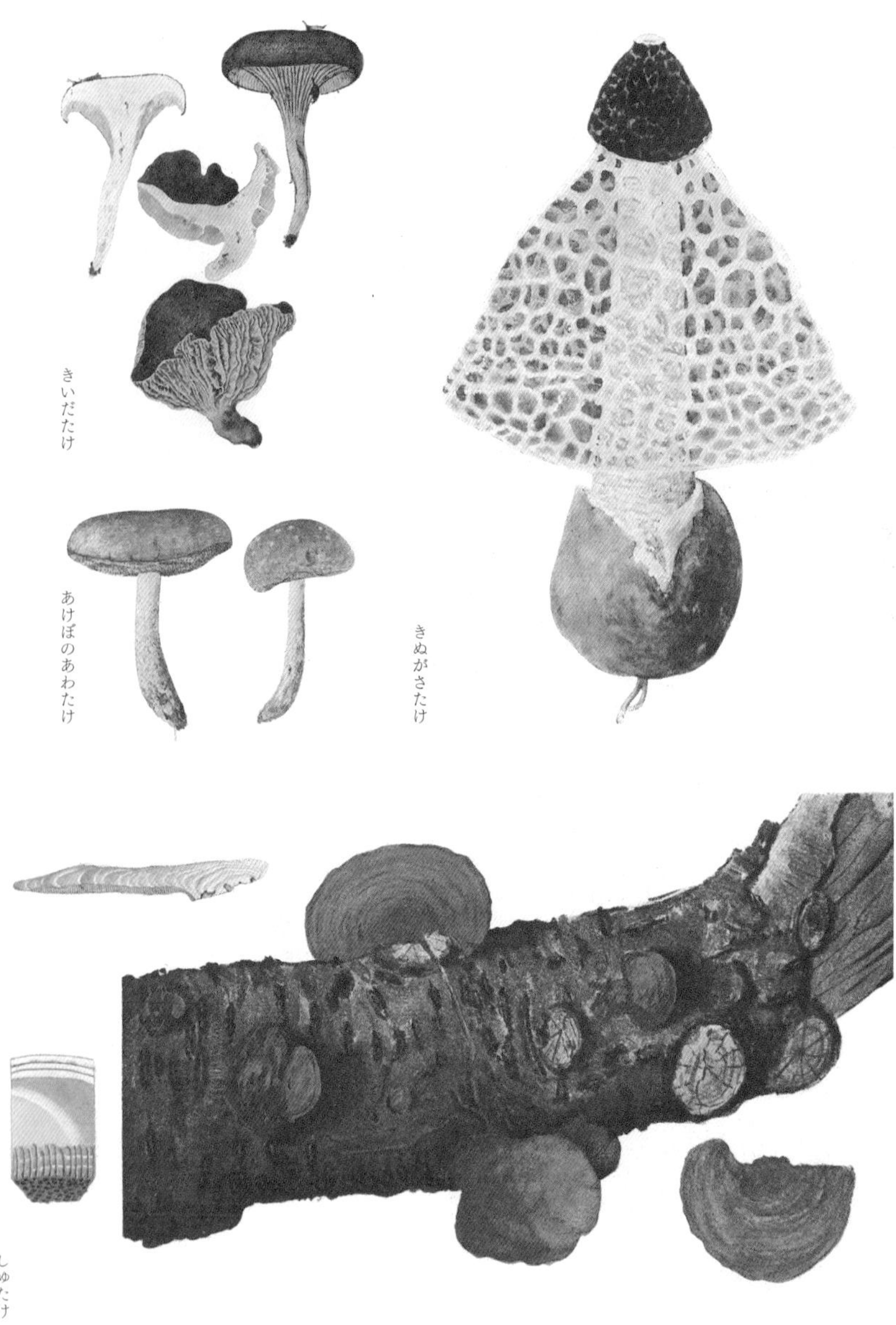

きいだたけ

あけぼのあわたけ

きぬがさたけ

しゅたけ

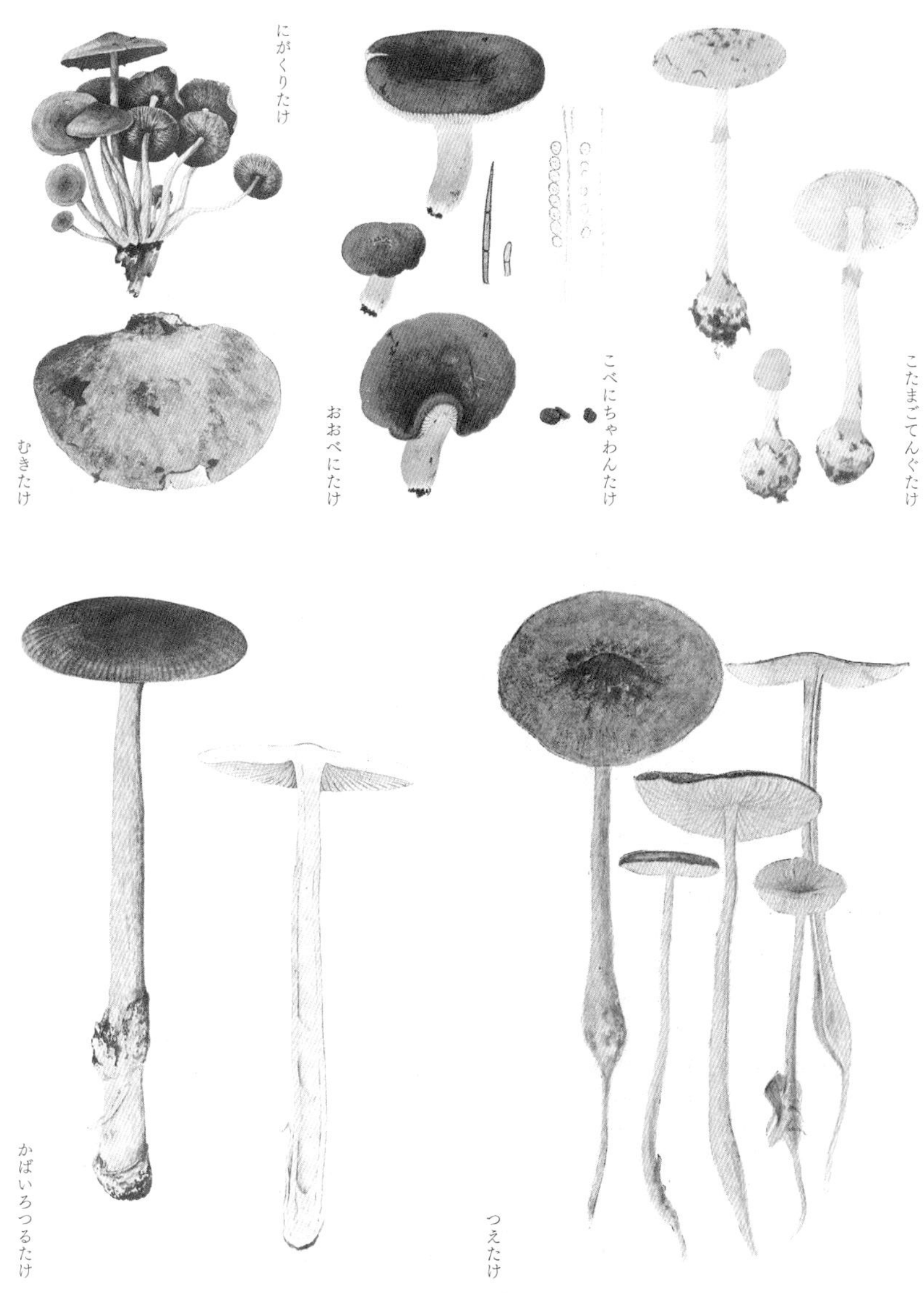
にがくりたけ
むきたけ
おおべにたけ
こべにちゃわんたけ
こたまごてんぐたけ
かばいろつるたけ
つえたけ

さが身に沁みて、市中五万軒、後馳せの分も、やや冬構えなし果つる。やがて、とことわの闇となり、雲は墨の上に漆を重ね、月も星も包み果てて、時々風が荒れ立っても、其の一片の動くとも見えず。恁て天に雪催が調うと、矢玉の音たゆる時なく、丑、寅、辰、巳、刻々に修羅礫を打かけて、霰々、又玉霰。

としたるもの、拙けれども殆ど実境也。

化すのは狐、化けるのは狸、貉。狐狸より貉の化ける話多し。

三冬を蟄すれば、天狗恐ろし。北海の荒磯、金石、大野の浜、轟々と鳴りとどろく音、夜毎襖に響く。雪深くふと寂寞たる時、不思議なる笛太鼓、鼓の音あり、山颪にのってトトンヒューときこゆるかとすれば、忽ち颯と遠く成る。天狗のお囃子と云う。能楽の常に盛なる国なればなるべし。本所の狸囃子と、遠き縁者と聞く。

豆の餅、草餅、砂糖餅、昆布を切込みたるなど色々の餅を搗き、一番あとの臼をトンと搗く時、千貫万貫、万々貫、と哄と喝采して、恁て市は栄ゆるなりけり。

榧の実、渋く佗し。子供のふだんには、大抵柑子なり。蜜柑たっとし。輪切りにして鉢ものの料理につけ合わせる。浅草海苔を一枚ずつ売る。

上丸、上々丸など称えて胡桃いつもあり。一寸煎って、飴にて煮る、これは甘い。

蓮根、蓮根とは言わず、蓮根とばかり称う、味よし、柔かにして東京の所謂餅蓮根なり。郊外は南北凡そ皆蓮池にて、花開く時、紅々白々。

木槿、木槿にても相分らず、木槿なり。山の芋と自然生を、分けて別々に称う。

凧、皆いかとのみ言う。扇の地紙形に、両方に袂をふくらましたる形、大々小々いろいろあり。いずれも金、銀、青、紺にて、円く星を飾りたり。関東の凧はなきにあらず、名づけて升凧と言えり。

地形の四角なる所、即ち桝形なり。

女の子、どうかすると十六七の妙齢なるも、自分の事をタア、と言う。男の児は、ワシは蓋しつい通りか。ただし友達が呼び出すのに、ワシは居るか、と言う。此の方はどっちもワシなり。

お螻殿を、仏さん虫、馬追虫を、鳴声でスイチョと呼ぶ。塩買蜻蛉、味噌買蜻蛉、考証に及ばず、色合を以て子供衆は御存じならん。おはぐろ蜻蛉を、姉さんとんぼ、草葉螟虫は灯心とんぼ、目高をカンタと言う。

蛍、浅野川の上流を、小立野に上る、鶴間谷と言う所、今は知らず、凄いほど多く、暗夜には蛍の中に人の姿を見るばかりなりき。

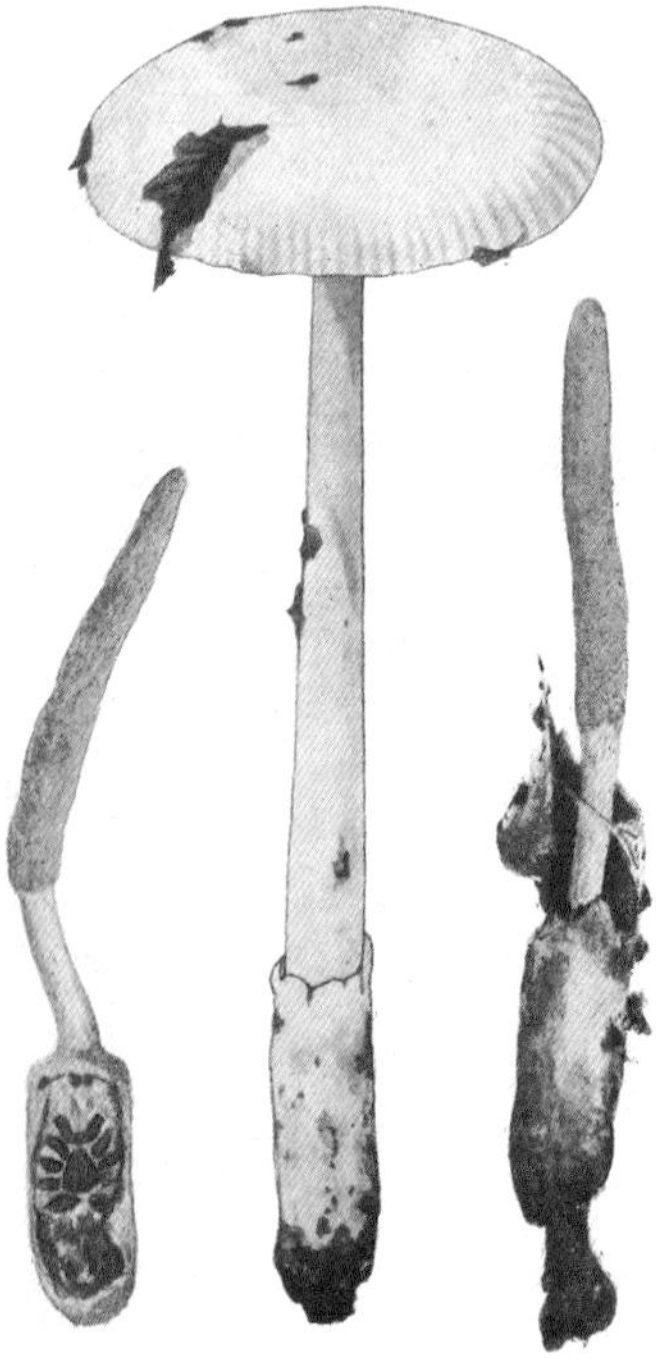

きんちゃわんたけ

すじちゃだいごけ

つねのちゃだいごけ

くもたけ

しろつるたけ

たまちょれいたけ

ふうせんたけ

もんぱたけ

べにせんこうたけ

はなはわきたけ

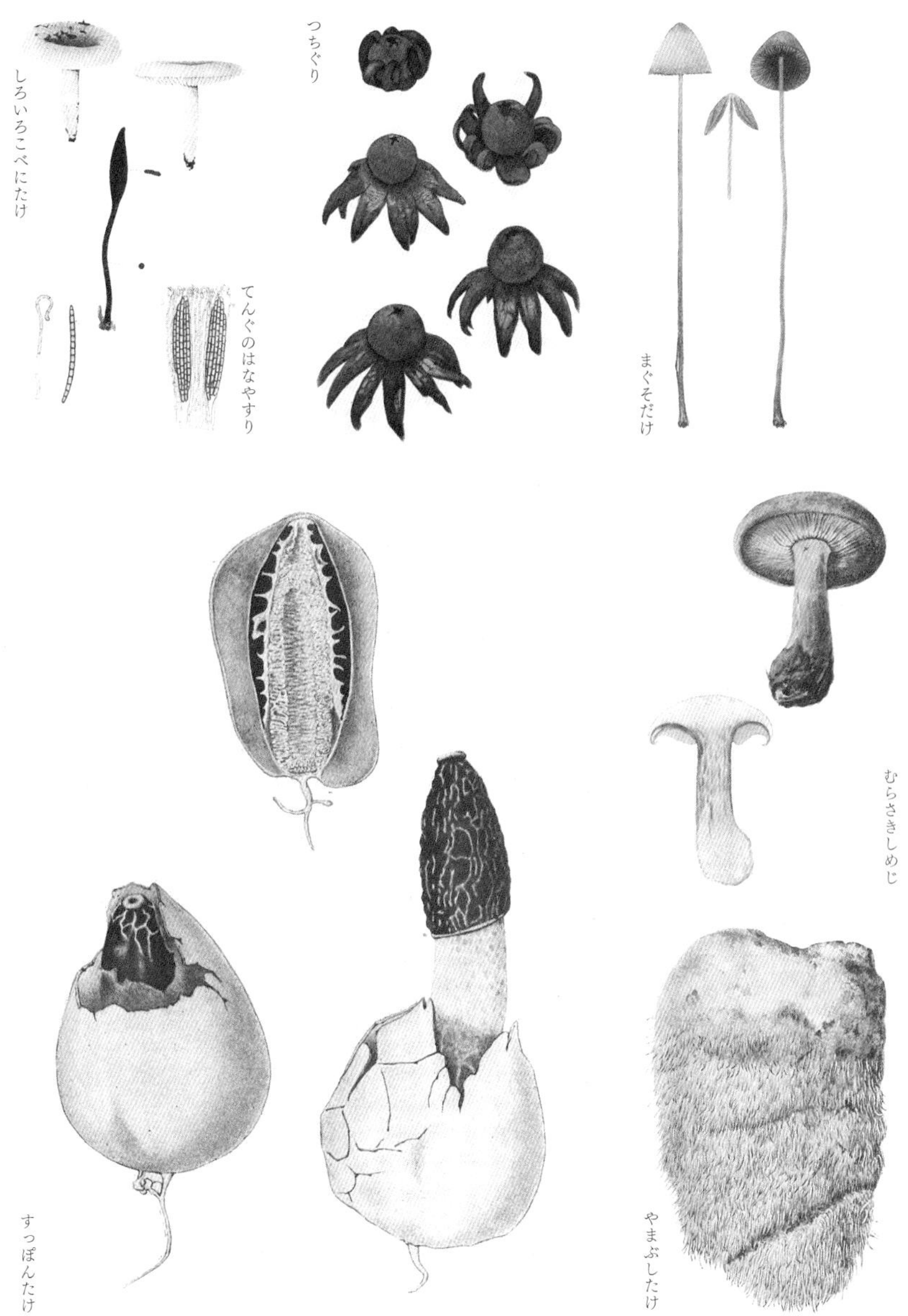
しろいろこべにたけ
つちぐり
まぐそだけ
てんぐのはなやすり
むらさきしめじ
すっぽんたけ
やまぶしたけ

清水を清水。——桂清水で手拭ひろた、と唄う。山中の湯女の後朝なまめかし。其の清水まで客を送りたるもののよし。

二百十日の落水に、鯉、鮒、鯰を掬わんとて、何処の町内も、若い衆は、田圃田圃へ総出で騒ぐ。子供たち、二百十日と言えば、鮒、カンタをしゃくうものと覚えたほどなり。

謎また一つ。六角堂に小僧一人、お参りがあって扉が開く、何?……酸漿。

味噌の小買をするは、質をおくほど恥辱だと言う風俗なりし筈なり。豆府を切って半挺、小半挺とて売る。蒟蒻は豆府屋につきものと知り給うべし。おなじ荷の中に蒟蒻キットあり。

蕎麦、お汁粉等、一寸入ると、一ぜんでは済まず。二ぜんは当前。だまって食べて居れば、あとからあとからつきつけ装り出す習慣あり。古風淳朴なり。ただし二百が一銭と言う勘定にはあらず、心すべし。

ふと思出したれば、隣国富山にて、団扇を売る珍しき呼声を、ここに記す。

団扇やア、大団扇。

うちわ、かつきッさん。

いつきッさん、団扇やあ。

もの知りだね。

ところで芸者は、娼妓は？……おやま、尾山と申すは、金沢の古称にして、在方隣国の人達は今も城下に出ずる事を、尾山にゆくと申すことなり。何、その尾山じゃあない？

……そんな事は、知らない、知らない。

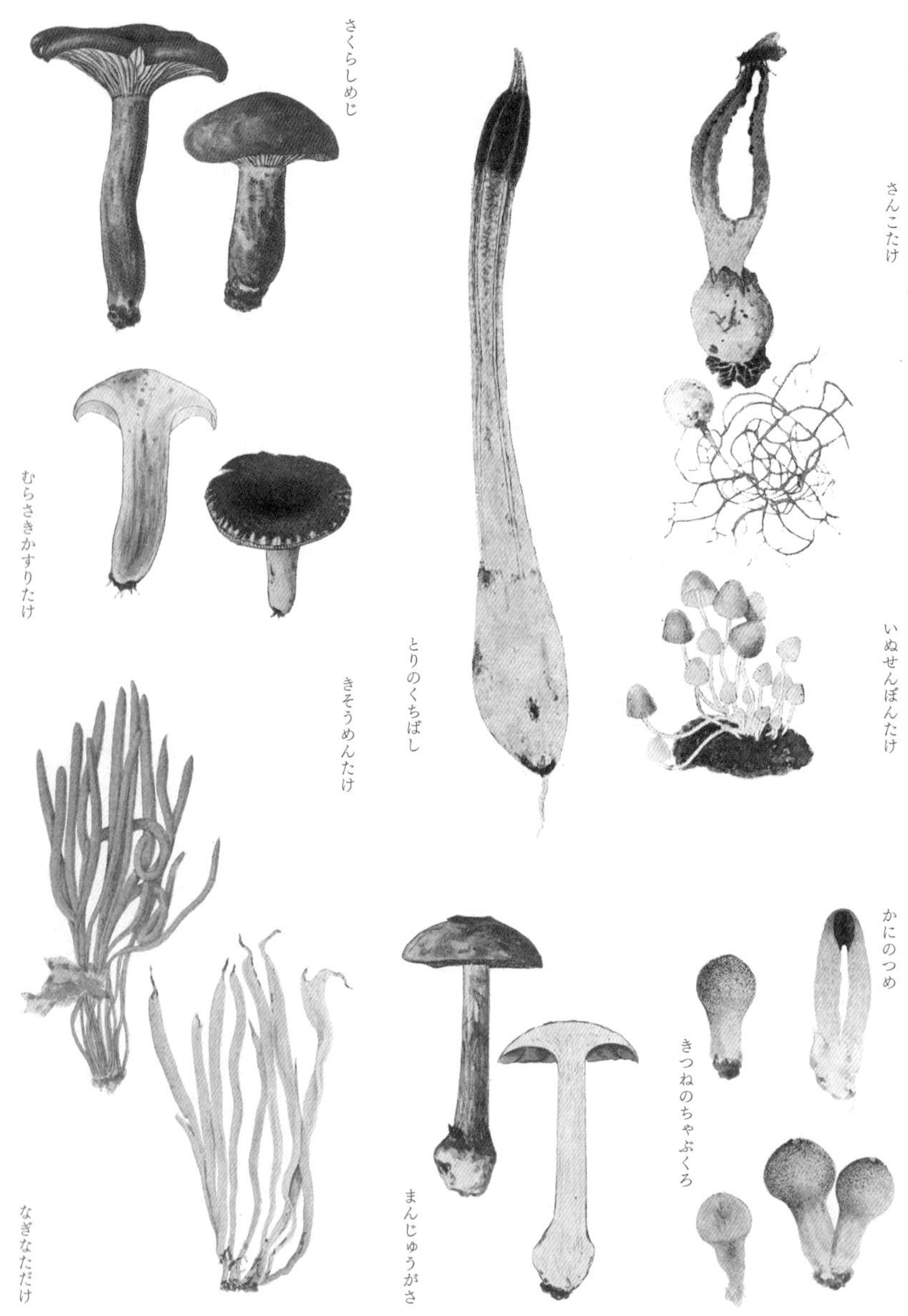
さくらしめじ
さんこたけ
むらさきかすりたけ
とりのくちばし
いぬせんぼんたけ
きそうめんたけ
かにのつめ
きつねのちゃぶくろ
なぎなただけ
まんじゅうがさ

くさびら

御馳走には季春がまだ早いが、ただ見るだけなら何時でも構わない。食料に成る成らないは別として、今頃の梅雨には種々の茸がにょきにょきと野山に生える。

野山に、にょきにょき、と言って、あの形を想うと、何となく滑稽けてきこえて、大分安直に扱うようだけれども、飛んでもない事、あれでなかなか凄味がある。

先年、麹町の土手三番町の堀端寄に住んだ借家は、太い湿気で、遁出すように引越した事がある。一体三間ばかりの棟割長屋に、八畳も、京間で広々として、柱に唐草彫の釘かくしなどがあろうと言う、書院づくりの一座敷を、無理に附着けて、屋賃をお邸なみにしたのであるから、天井は高いが、床は低い。——大掃除の時に、床板を剥すと、下は水溜に成って居て、溢れたのがちょろちょろと蜘蛛手に走ったのだから可恐い。此の邸……いや此の座敷へ茸が出た。

生えた……などと尋常な事は言うまい。「出た」とおばけらしく話したい。五月雨のしとしとする時分、家内が朝の間、掃除をする時、縁のあかりで気が着くと、畳のへりを横縦にすッと一列に並んで、小さい雨垂に足の生えたようなものの群り出たのを、黴にしては寸法が長し、と横に透すと、まあ、怪しからない、悉く茸であった。細い針ほどな侏儒が、一つ一つ、と、歩行き出しそうな気勢がある。吃驚して、煮湯で雑巾を絞って、よく拭って、先ず退治た。が、暮方の掃除に視ると、同じように、ずらりと並んで揃って出て居た。此が茸なればこそ、目もまわさずに、じっと堪えて私には話さずに秘して居た。私が臆病だからである。

何しろ梅雨あけ早々に其家は引越した。が、……私はあとで聞いて身ぶるいした。むかしは加州山中の温泉宿に、住居の大囲炉裡に、灰の中から、笠のかこみ一尺ばかりの真黒な茸が三本ずつ、続けて五日も生えた、と言うのが、手近な三州奇談に出て居る。家族は一統、加持よ祈禱よ、と青くなって騒いだが、私に似ない其主人、胆が据って聊かも騒がない。茸だから生えると言って、むしっては捨て、むしっては捨てたので、やがて妖

つくしたけ

あおがしらずきんたけ

こうじたけ

つがのさるのこしかけ

はちやどりたけ

さなぎたけ

ひめつちぐり

おにふすべ

しめじ

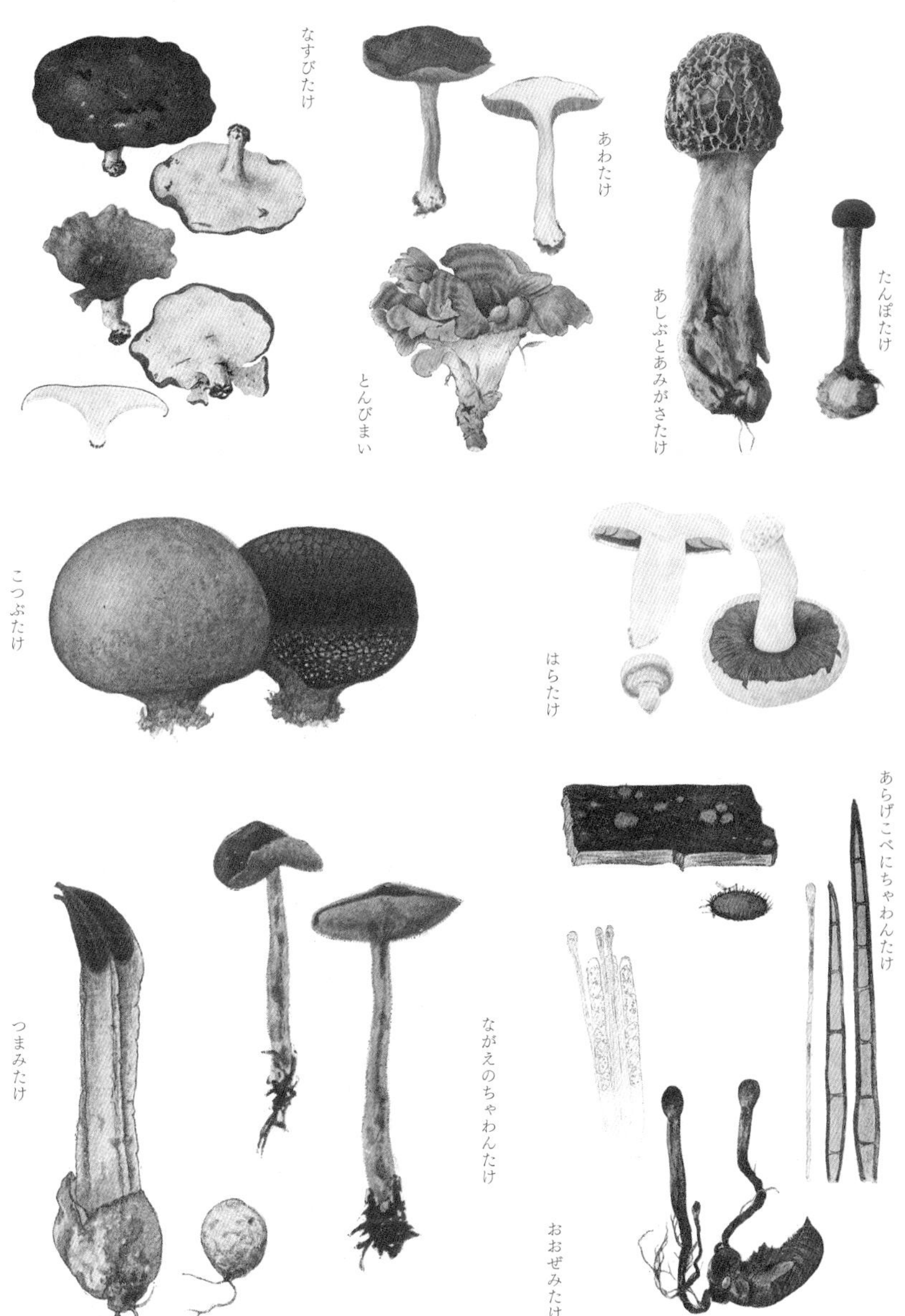
なすびたけ
あわたけ
とんびまい
あしぶとあみがさたけ
たんぽたけ
こつぶたけ
はらたけ
あらげこべにちゃわんたけ
つまみたけ
ながえのちゃわんたけ
おおぜみたけ

は留んで、一家に何事の触りもなかった——鉄心銷怪。偉い！……と其の編者は賞めて居る。私は笑われても仕方がない。成程、其の八畳に転寝をすると、とろりとすると下腹がチクリと疼んだ。針のような茸が洒落に突いたのであろうと思って、もう一度身ぶるいすると同時に、何うやら其の茸が、一ずつ芥子ほどの目を剥いて、ぺろりと舌を出して、店賃の安値いのを嘲笑って居たようで、少々癪だが、しかし可笑い。可笑いが、気味が悪い。

能の狂言に「茸」がある。——山家あたりに住むものが、邸中、座敷まで大な茸が幾つともなく出て崇るのに困じて、大峰葛城を渡った知音の山伏を頼んで来ると、「それ、山伏と言っぱ山伏なり、何と殊勝なか」と先ず威張って、兜巾を傾け、いらたかの数珠を揉みに揉んで、祈るほどに、祈るほどに、祈れば祈るほど、大な茸の、あれあれ思いなしか、目鼻手足のようなものの見えるのが、おびただしく出て、したたか仇をなし、引着いて悩ませる。「いで、此上は、茄子の印を結んで掛け、いろはにほへとと祈るならば、などか奇特のなかるべき、などか、ちりぬるをわかゝなれ」と祈る時、傘を半びらきにした、中にも毒々しい魔形なのが、二の松へ這って出る。此にぎょっとしながら、いま一祈り祈りかけると、その茸、傘を開いてスックと立ち、躍りかかって、「ゆるせ」と逃げ廻る山伏を、「取って噛もう、取って噛もう」と脅すのである。——彼等を軽んずる人間に対して、茸のために気を吐いたものである。臆病な癖に私はすきだ。

　そこで茸の扮装は、縞の着附、括袴、腰帯、脚絆で、見徳、嘯吹、上髯の面を被る。その傘の逸もつが、鬼頭巾で武悪の面だそうである。岩茸、灰茸、鳶茸、坊主茸の類であろう。いずれも、塗笠、檜笠、菅笠、坊主笠を被って出ると言う。……此の狂言はまだ見ないが、古寺の広室の雨、孤屋の霧のたそがれを舞台にして、ずらりと此の形で並んだら、並んだだけで、おもしろかろう。……中に、紅絹の切に、白い顔の目ばかり出して褄折笠の姿がある。紅茸らしい。あの露を帯びた色は、幽に光をさえ放って、たとえば、妖女の艶がある。庭に植えたいくらいに思う。食べるのじゃあないから——茸よ、取って噛むなよ、取って噛むなよ。……

どくべにたけ

くろはつ

ぶくりょう

やまいくち

あみたけ

45
AFGHAN POST
TONGA
$3

雨ばけ

あちこちに、然るべき門は見えるが、それも場末で、古土塀、やぶれ垣の、入曲って長く続く屋敷町を、雨もよいの陰気な暮方、その県の令に事うる相応の支那の官人が一人、従者を従えて通り懸った。知音の法筵に列するためであった。

……来かかる途中に、大川が一筋流れる……其の下流のひょろひょろとした――馬輿のもう通じない――細橋を渡り果てる頃、暮六つの鐘がゴーンと鳴った。遠山の形が夕靄とともに近づいて、麓の影に暗く住む伏家の数々、小商する店には、早や侘しい灯が点れたが、此の小路にかかると、樹立に深く、壁に潜んで、一燈の影も漏れずに寂しい。前途を朦朧として過るものが見える。青牛に乗って行く。……

小形の牛だと言うから、近頃青島から渡来して荷車を曳いて働くのを、山の手でよく見掛ける、あの若僧ぐらいなのだと思えば可い。……荷鞍にどろんとした桶の、一抱ほどなのをつけて居る。……大な雨笠を、ずぼりとした合羽着た肩の、両方かくれるばかり深く被って、後向きにしょんぼりと濡れたように目前を行く。……ときどき、

「とう、とう、とうとう」

と、間を置いては、低く口の裡で呟くが如くに呼んで行く。

私は此を読んで、いきなり唐土の豆腐屋だと早合点をした。……処が然うでない。

「とう、とう、とうとう」

呼声から、風体、恰好、紛れもない油屋で、あの揚ものの油を売るのだそうである。

「とう、とう、とうとう」

穴から泡を吹くような声が、却って、裏田圃へ抜けて変に響いた。

「こらこら、片寄れ。ええ、退け退け」

威張る事にかけては、これが本場の支那の官人である。従者が式の如く叱り退けた。

「とう、とう、とうとう」

「やい、これ。——殿様のお通りだぞ。……」

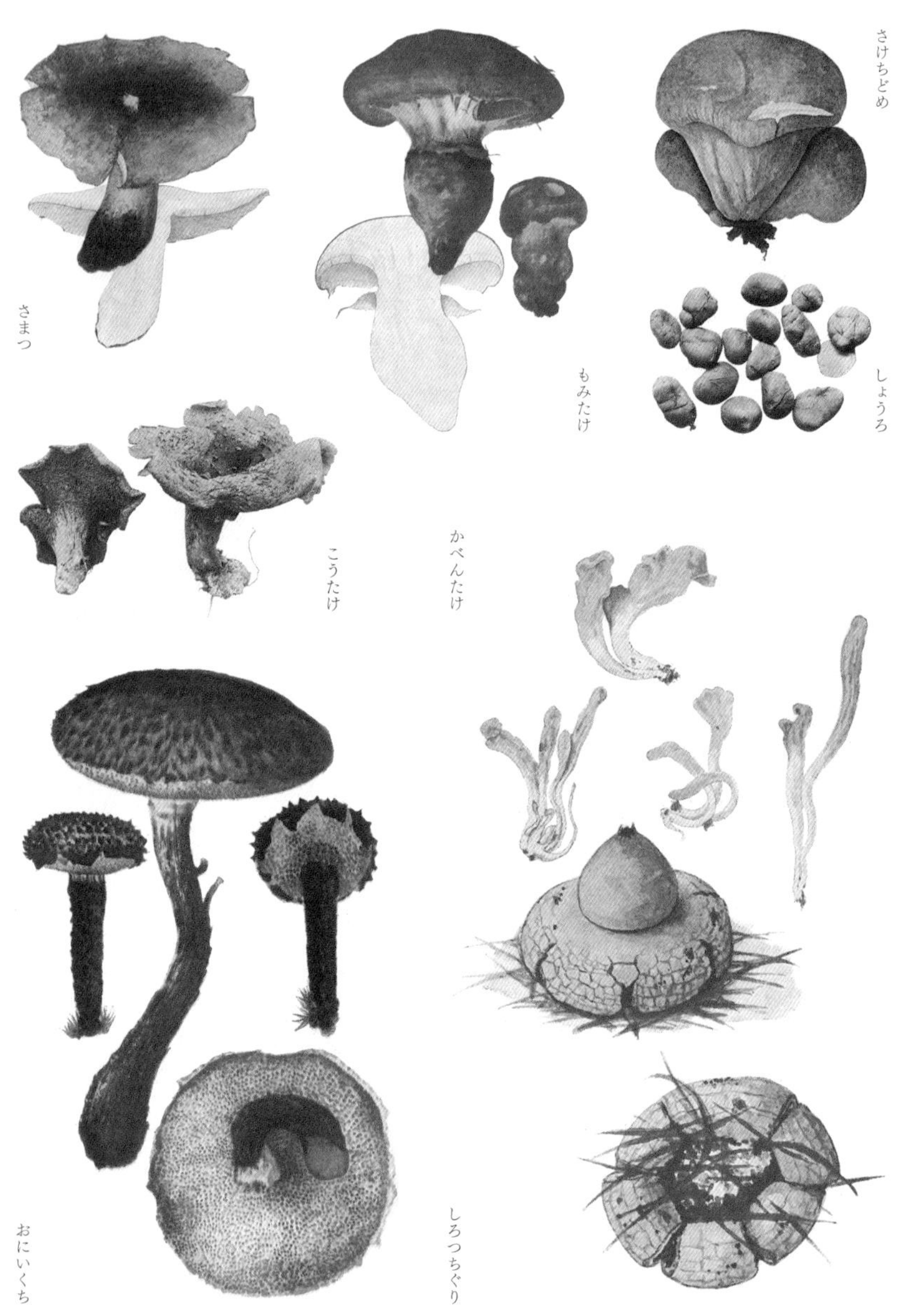
さまつ
もみたけ
さけちどめ
しょうろ
こうたけ
かべんたけ
おにいくち
しろつちぐり

むらさきはつ

しゃぐまあみがさたけ

むらさきはわきたけ

むらさきなぎなたたけ

しろかのした

かのした

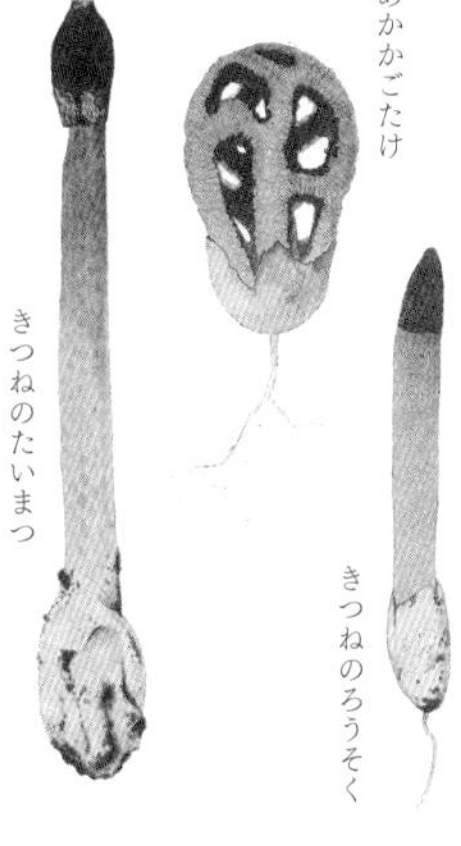

あかかごたけ

きつねのたいまつ

きつねのろうそく

きくらげ

かのつのたけ

笠さえ振向けもしなければ、青牛がまたうら枯草を踏む音も立てないので、のそりと歩む。

「とう、とう、とうとう」

こんな事は前例が嘗てない。勃然としていきり立った従者が、ずかずか石垣を横に擦って、脇鞍に踏張って、

「不埒もののめ。下郎」

と怒鳴って、仰ぎづきに張肱でドンと突いた。突いたが、鞍の上を及腰だから、力が足りない。荒く触ったと言うばかりで、その身体が揺れたとも見えないのに、ぽんと、笠ぐるみ油売の首が落ちて、落葉の上へ、ばさりと仰向けに転げたのである。

「やあ」とは言ったが、無礼討御免のお国柄、それに何、たかが油売の首なんぞ、ものの数ともしないのであった。が、主従ともに一驚を吃したのは、其の首のない胴軀が、一煽り鞍に煽ると斉しく、青牛の脚が疾く成って颯と駈出した事である。

ころげた首の、笠と一所に、ぱたぱたと開く口より、眼球をくるくると廻して見据えて居た官人が、此の状を睨み据えて、

「奇怪じゃ、くせもの、それ、見届けろ」

と前に立って追掛けると、ものの一町とは隔たらない、石垣も土塀も、葎に路の曲角。突当りに大きな邸があった。……其の門内へつッと入ると、真正面の玄関の右傍に、庭園に赴く木戸際に、古槐の大木が棟を蔽うて茂って居た。枝の下を、首のない軀と牛は、ふと又歩を緩く、東海道の松並木を行く状をしたが、間の宿の灯も見えず、ぼッと煙の如く消えたのであった。

官人は少時茫然として門前の靄に彳んだ。

「角助」

「はッ」

「当家は、これ、斎藤道山の子孫ででもあるかな」

「はーッ」

「いやさ、入道道山の一族ででもあろうかと言う事じゃ」

「はッ、へへい」

「む、いや、分らずば可し。……一応検べる。――とに角いそいで案内をせい」

しかし故らに主人が立会うほどの事ではない。その邸の三太夫が、やがて鍬を提げた爺やを従えて出て、一同 槐の根を立囲んだ。地の少し窪みのあるあたりを掘るのに、一鍬、

かわらたけ

くりいろかわらたけ

つりがねたけ

こてんぐのめしがい

あらげきくらげ

つきよだけ

ななふしてんぐのめしがい

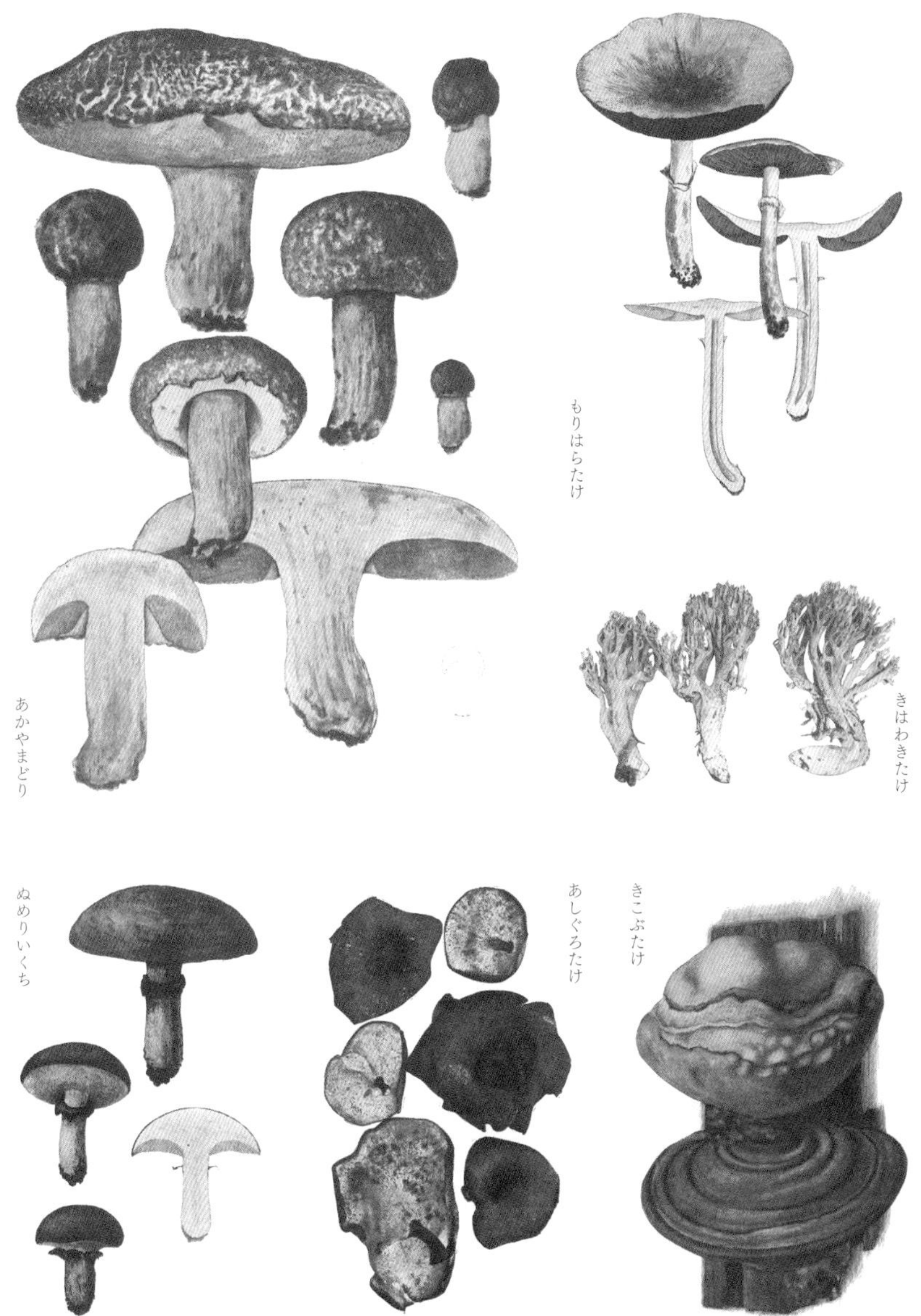
もりはらたけ
あかやまどり
きはわきたけ
ぬめりいくち
あしぐろたけ
きこぶたけ

二鍬、三鍬までもなく、がばと崩れて五六尺、下に空洞が開いたと思え。

べとりと一面青苔に成って、欠釣瓶が一具、ささくれ立った朽目に、大く生えて、鼠に黄を帯びた、手に余るばかりの茸が一本。其の笠既に落ちたり、とあって、傍にものこそあれと説う。——ここまで読んで、私は又慌てた。化けて角の生えた蛞蝓だと思った、が、然うでない。大なる蝦蟆が居た。……其の疣一つずつ堂門の釘かくしの如しと言うので、巨さのほども思われる。

蝦蟆即牛矣、菌即其人也。古釣瓶には、その槐の枝葉をしたたり、幹を絞り、根に灌いで、大樹の津液が、木づたう雨の如く、片濁りしつつ半ば澄んで、ひたひたと湛えて居た。油即此であった。

呆れた人々の、目鼻の、眉とともに動くに似ず、けろりとした蝦蟆が、口で、鷹揚に宙に弧を描いて、

「とう。とう、とうとう」

と鳴くにつれて、茸の軸が、ぶるぶると動くと、ぽんと言うように釣瓶の箍が嚏をした。同時に霧がむらむらと立って、空洞を塞ぎ、根を包み、幹を騰り、枝に靡いた、その霧が、忽ち梢から雫となり、門内に降りそそいで、やがて小路一面の雨と成ったのである。

官人の、真前に飛退いたのは、敢て怯えたのであるまい……衣帯の濡れるのを慎んだためであろう。

さて、三太夫が更めて礼して、送りつつ、木の葉落葉につつまれた、門際の古井戸を覗かせた。覗くと、……

「御覧じまし、殿様。……あの輩が仕りまする悪戯と申しては――つい先日も、雑水に此なる井戸を汲ませまするに水は底に深く映りまして、……釣瓶はくるくるとその、まわりまするのに、如何にしても上ろうといたしませぬ。希有じゃと申して、邸内多人数が立出でまして、力を合せて、曳声でぐいと曳きますとな……殿様。ぽかんと上って、二三人に、はずみで尻餅を搗かせながらに、アハハと笑うた化ものがござりまする。笑い落ちに、すぐに井戸の中へ辷り込みまする処を、おのれと、奴めの頭を摑みましたが、帽子だけ抜けて残りましたで、其を、さらしものにいたしまする気で生垣に引掛けて置きました。その帽子が、此の頃の雨つづきに、何と御覧じまするように、恁の通り」……

と言って指して見せたのが、雨に沢を帯びた、猪口茸に似た、ぶくりとした茸であった。

やがて、此が知れると、月余、里、小路に油を買った、其の油好して、而して価の賤を怪んだ人々が、いや、驚くまい事か、塩よ、楊枝よと大騒動。

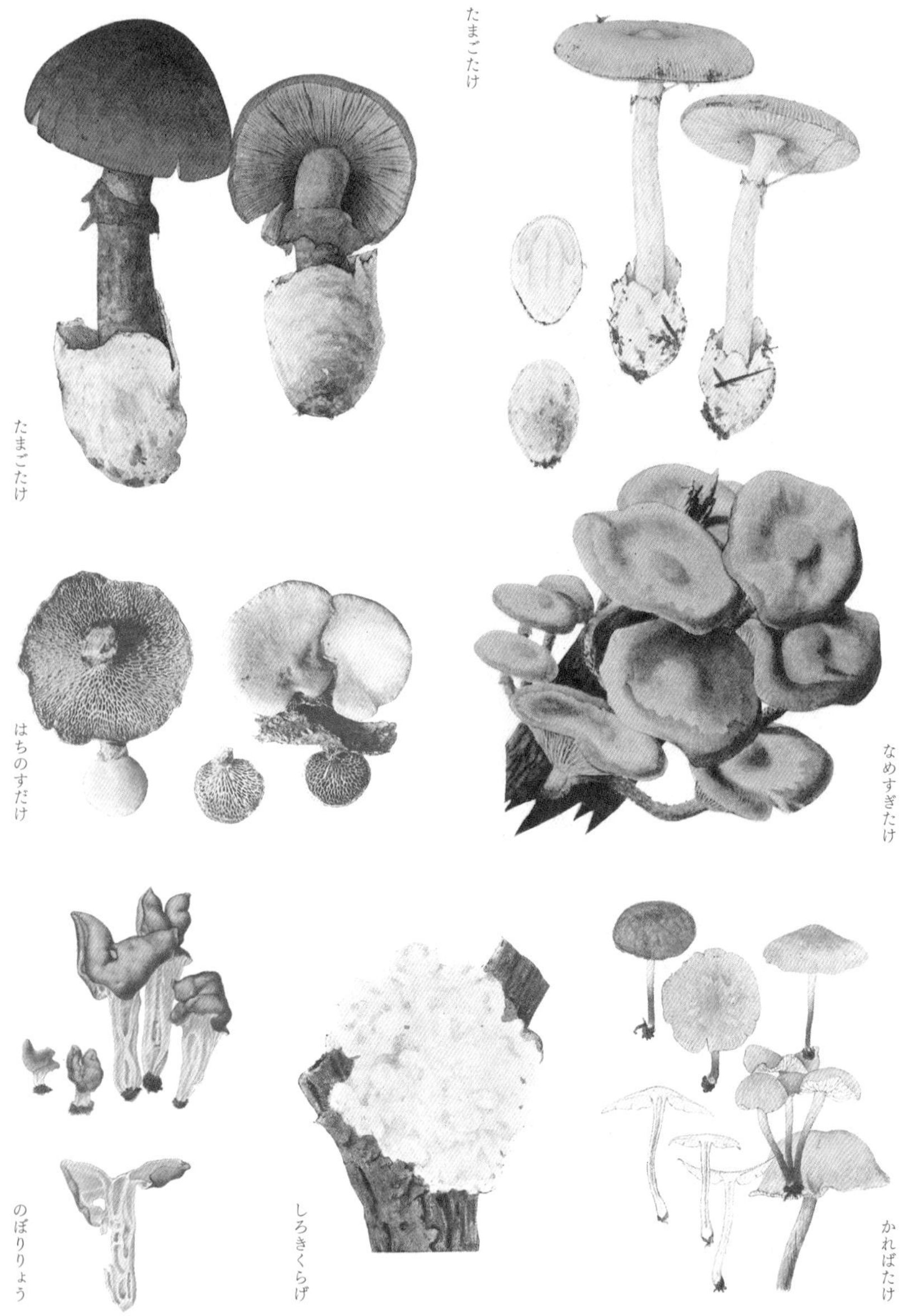
たまごたけ
たまごたけ
はちのすだけ
なめすぎたけ
のぼりりょう
しろきくらげ
かればたけ

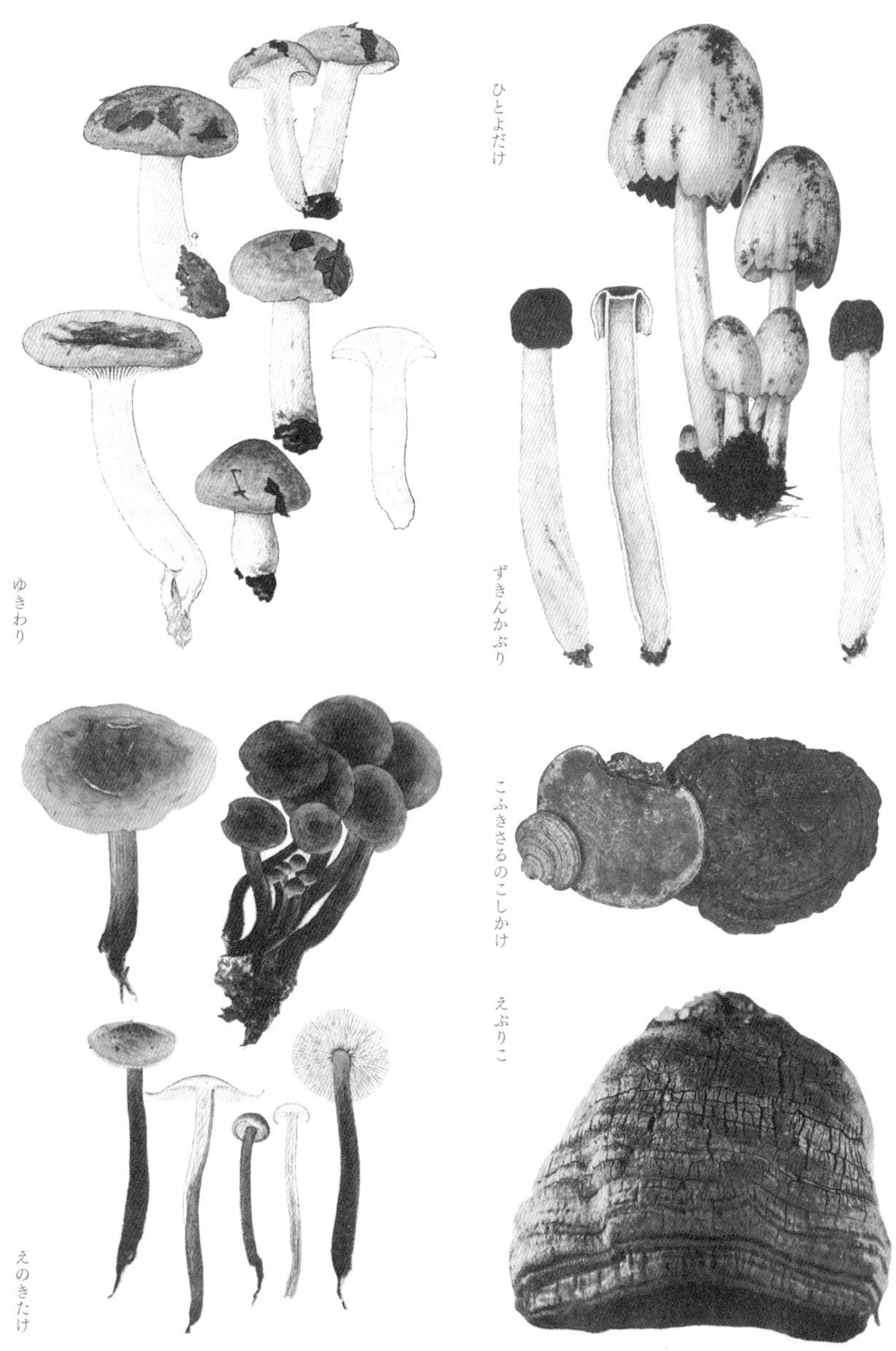
ひとよだけ
ずきんかぶり
ゆきわり
こふきさるのこしかけ
えぶりこ
えのきたけ

然も、生命を傷つけたるものある事なし、と記してある。

私は此の話がすきである。

何うも嘘らしい。……

が、雨である。雨だ。雨が降る……寂しい川の流とともに、山家の里にびしょびしょと降る、たそがれのしょぼしょぼ雨、雨だ。しぐれが目にうかぶ。……

小春の狐

一

朝――此の湖の名ぶつと聞く、蜆の汁で。……燗をさせるのも面倒だから、バスケットの中へ持参の、ウイスキーを一口。蜆汁にウイスキーでは、些と取合わせが妙だが、それも旅らしい。……

いい天気で、暖かかったけれども、北国の事だから、厚い外套にくるまって、そして湯泉宿を出た。

戸外の広場の一廓、総湯の前には、火の見の階子が、高く初冬の空を抽いて、そこに、うら枯れつつも、大樹の柳の、しっとりと静に枝垂れたのは、「火事なんかありません」と言いそうである。

横露地から、すぐに見渡さるる、汀の蘆の中に舳が見え、艫が隠れて、葉越葉末に、船頭の形が穂を戦がして、其の船の胴に動いて居る。が、あの鉄槌の音を聞け。印袢纏の威勢のいいのでなく、田船を漕ぐお百姓らしい、もっさりとした布子のなりだけれども、船大工かも知れない、カーンカーンと打つ槌が、一面の湖の北の天なる、雪の山の頂に響いて、その間々に、

「これは三保の松原に、伯良と申す漁夫にて候。万里の好山に雲忽ちに起り、一楼の明月に雨始めて晴り……」

と謡うのが、遠いが手に取るように聞こえた。――船大工が謡を唄う――一寸他所にはない気色だ。……剰え、地震の都から、とぼんとして落ちて来たものの目には、まるで別なる乾坤である。

背の伸びたのが枯交り、疎に成って、蘆が続く……傍の木納屋、苫屋の袖には、しおらしく嫁菜の花が咲残る。……あの戸口には、羽衣を奪われた素裸の天女が、手鍋を提げて、

其の男のために苦労しそうにさえ思われた。

「これなる松にうつくしき衣掛れり、寄りて見れば色香妙にして……」

と謡って居る。木納屋の傍は菜畑で、真中に朱を輝かした柿の樹がのどかに立つ。枝に渡して、ほした大根のかけ紐に、青貝ほどの小朝顔が縋って咲いて、つるの下に朝霜の焚火の残ったような鶏頭が幽に燃えて居る。其の陽だまりは、山霊に心あって、一封のもみじの音信を投げた、玉章のように見えた。

里はもみじにまだ早い。

露地が、遠眼鏡を覗く状に扇形に展けて視められる。湖と、船大工と、幻の天女と、描ける玉章を掻乱すようで、近く歩を入るるには惜いほどだったから……

私は——

〈これは城崎関弥と言う。筆者の友だちが話したのである〉

——道をかえて、たとえば、宿の座敷から湖の向うにほんのりと、薄い霧に包まれた、白砂の小松山の方に向ったのである。

小店の障子に貼紙して、

〈今日より昆布まきあり候〉

……のんびりとしたものだ。口上が嬉しかったが、これから漫歩と言うのに、こぶ巻は困る。張出しの駄菓子に並んで、笊に柿が並べてある。これなら袂にも入ろう。「あり候」に挨拶の心得で、

「おかみさん、此の柿は……」

天井裏の蕃荻は真赤だが、薄暗い納戸から、いぼ尻まきの顔を出して、

「其の柿かね、へい、食べられましない」

「はあ？」

「まだ渋が抜けねえだでね」

「はあ、では、いつ頃食べられます」

きく奴も、聞く奴だが、

「早うて、……来月の今頃だあねえ」

「成程」

まったく山家はのん気だ。つい目と鼻のさきには、化粧煉瓦で、露台と言うのが建って居る。別館、或は新築と称して、湯宿一軒に西洋づくりの一部は、なくては成らないようにして居る盛場でありながら。

「お邪魔をしました」

「よう、おいで」

また、おかしな事がある。……くどいと不可い。道具だてはしないが、硝子戸を引きめぐらした、いいかげんハイカラな雑貨店が、細道にかかる取着の角にあった。私は靴だ、宿の借下駄で出て来たが、あお桐の二本歯で緒が弛んで、がたくり、がたくりと歩行きにくい。此店で草履を見着けたから入ったが、小児のうち覚えた、こんな店で売って居る竹の皮、藁の草履などは一足もない。極く雑なのでも裏つきで、鼻緒が流行のいちまつと洒落れて居る。いや何うも……柿の渋は一月半おくれても、草履は駆足で時流に追着く。

「これを貰いますよ」

店には、丁ど適齢前の次男坊と言った若いのが、もこもこと羽織を着て、のっそりと立って居た。

「貰つて穿きますよ」

と断って……早速ながら穿替えた——誰も、背負って行く奴もないものだが、手一つ出すでもなし、口を利くでもなし、唯にやにやと笑って見て居るから、勢い念を入れなければならなかったので。……

「お幾千」

「分りませんなあ」

「誰かに聞いてくれませんか」

若いのは、依然としてにやにやで、

「誰も今居らんのでね……」

「じゃあ帰途に上げましょう。じき其処の宿に泊ったものです」

「へい、大きに――」

まったく伺うものんびりとしたものだ。私は何かの道中記の挿絵に、土手の薄に野茨の実がこぼれた中に、折敷に栗を塩尻に積んで三つばかり。細竹に筒をさして、四もんと、四つ、銭の形を描き入れて、傍に草鞋まで並べた、山路の景色を思い出した。

二

「此の蕈は何と言います」

山添の根笹に小流が走る。一方は、日当の背戸を横手に取って、次第疎に藁屋がある、中に半農——此の潟に漁って活計とするものは三百人を越すと聞くから、或は半漁師——少しばかり商もする——、藁屋草履は、ふかし芋と此の店に並べてあった——村はずれの軒を道へ出て、そそけ髪で、紺の筒袖を上被にした古女房が立って、小さな笊に、真黄色な蕈を装ったのを、恁う覗いて居る。と笊を手にして、服装は見すぼらしく、顔も窶れ、髪は銀杏返が乱れて居るが、毛の艶は濡れたような、姿のやさしい、色の白い二十あまりの女が彳む。

　蕈は軸を上にして、うつむけに、ちょぼちょぼと並べてあった。

　実は——前年一度この温泉に宿った時、矢張り朝のうち、……其の時は町の方を歩行いて、通りの煮染屋の戸口に、手拭を頸に菅笠を被った……此のあたり浜から出る女の魚売が、天秤を下ろした処に行きかかって、鮮い雑魚に添えて、つまと云った形で、おなじ此の蕈を笊に装ったのを見た事があったのである。

　銀杏の葉ばかりの鰈が、黒い尾でぴちぴちと刎ねる。車蝦の小蝦は、飴色に重って萌黄の脚をぴんと刎ねる。魴鮄の鰭は虹を刻み、飯蛸の紫は五つばかり、断れた雲のようにふらふらする……こち、めばる、青、鼠、樺色の其の小魚の色に照冴えて、黄なる蕈は美しかった。

山国に育ったから、学問の上の智識はないが——茸の名の十やら十五は知って居る。が、それはまだ見た事がなかった。……それに、私は妙に茸が好きである。……覗込んで何と言いますかと聞くと「霜こしや」と言った。「ははあ、霜こし」——十一月初旬で——松茸はもとより、しめじの類にも時節は些と寒過ぎる。そこへ出盛る茸らしいから、霜を越すと言う意味か、それとも此の茸が生えると霜が降る……霜を起すと言うのかと、其の時、考うる隙もあらせず、「旦那さん何うですね」と、その魚売が笊をひょいと突きつけると、煮染屋の女房が、ずんぐり横肥りに肥った癖に、口の軽い剽軽もので、

「買うて遣らさい。旦那さん、酒の肴に……ははは、そりゃおいしい、猪の味や」と大口を開けて笑った。——紳士、淑女の方々に高い声では申兼ねるが、猪は此のあたりの方言で、……お察しに任せたい。

唄で覚えた。

　　薬師山から湯宿を見れば、ししが髪結て身をやつす。

否……と言ったばかりで、外に見当は着かない。……私は其の時は前夜着いた電車の停車場の方へ遁足に急いだっけが——笑うものは笑え。そよぐ風よりも、湖の蒼い水が、

蘆の葉ごしにすらすらと渡って、おろした荷の、その小魚にも、蕈にも颯とかかる、霜こしの黄茸の風情が忘れられない。皆とは言わぬが、再び此の温泉に遊んだのも、半ば此の蕈に興じたのであった。

――ほぼ心得た名だけれど、したしいものに近づくとて、あらためて、いま聞いたのである。

「此の蕈は何と言います」

何が何でも、一方は人の内室である、他は淑女たるに間違いない。――其の真中へ顔を入れたのは考えると無作法千万で、都会だと、これ交番で叱られる。

「霜こしやがね」

と買手の古女房が言った。

「綺麗だね」

と思わず言った。近優りする若い女の容色に打たれて、私は知らず目を外らした。

「此方は」

と、片隅に三つばかり。此の方は笠を上にした茶褐色で、霜こしの黄なるに対して、

女郎花の根にこぼれた、茨の枯葉のようなのを、——爰に二人たった渠等女たちに、フト思い較べながら指すと、

「かっぱ」

と語音の調子もある……口から吹飛ばすように、ぶっきらぼうに古女房が答えた。

「ああ、かっぱ」

「ほほほ」

かっぱとかっぱが鬩合せをしたから、若い女は、うすよごれたが姉さんかぶり、茶摘、桑摘む絵の風情の、手拭の口に笑をこぼして、

「あの、川に居ります可恐いのではありませんの、雨の降る時にな、これから着ますな、あの色に似て居りますから」

「そんで幾千やな」

古女房は委細構わず、笊の縁に指を掛けた。

「然うですな、此でな、十銭下さいまし」

「どえらい事や」

と、しょぼしょぼした目を睜った、睨むように顔を視ながら、

「高いがな高いがな――三銭や、えっと気張って。……三銭が相当や」

「まあ」

「三銭にさっせえよ。――お前もな、青草ものの商売や。お客から祝儀とか貰うようには行かんぞな」

「でも」

と蕈が映す影はないのに、女の瞼はほんのりする。

安値いものだ。……私は、その言い値に買おうと思つて、声を掛けようとしたが、隙がない。女が手を離すのと、笊を引手繰るのと一所で、古女房はすたすたと土間へ入って行く。

私は腕組をして其処を離れた。

以前、私たちが、草鞋に手鎌、腰兵粮と言うものものしい結束で、朝くらいうちから出掛けて、山々谷々を狩っても、見た数ほどの蕈を狩り得た験は余りない。

たった三銭――気の毒らしい。

「御免なして」

と背後から、跫音を立てず静に来て、早や一方は窪地の蘆の、片路の山の根を擦違い、包ましやかに前へ通る、すり切草履に踵の霜。

「ああ、姉さん」

私はうっかりと声を掛けた。

三

「――旦那さん、その虫は構うた事には叶いませんわ。――煩うてな……」

もの言もやや打解けて、おくれ毛を撫でながら、

「ほっといてお通りなさいますと、ひとりでに離れます」

「随分居るね、此は何と言う虫なんだね」

「東京には居りませんの」

「いや、雨上りの日当りには、鉢前などに出はするがね。こんなには居やしないようだ。よくも気をつけはしないけれど……〈しょうじょう〉より最と小さくって煙のようだね。……また此処にも一団に成って居る。何と言う虫だろう」

「太郎虫と言いますか、米搗虫と言うんですか、どっちかでございましょう。小さな児が、

此の虫を見ますとな、旦那さん……」

と、言が途絶えた。

「小さな児が、此の虫を見ると？……」

「あの……」

「何うするんです」

「唄をうとうて囃しますの」

「何と言って……其の唄は？」

「極が悪うございますわ。……〈太郎は米搗き、次郎は夕な、夕な〉……薄暮合には、よけい沢山飛びますの」

……思出した。故郷の町は寂しく、時雨の晴間に、私たちも矢張り唄った。

「中よくしましょう、さからわないで」

私はちょっかいを出すように、面を払い、耳を払い、頭を払い、袖を払った、茶番の最明寺どののような形を、更めて静に歩行いた。——真一文字の日のあたりで、暖かさ過ぎるので、脱いだ外套は、其の女が持ってくれた。——歩行きながら、

「……私は虫と同じ名だから」

しかし、此は虫にくらべて謙遜した意味ではない。実は太郎を、浦島の子に擬えて、潜に思上った沙汰なのであった。

湖を遥に、一廓、彩色した龍の鱗の如き、湯宿湯宿の、壁、柱、甍を中に隔てて、いまは鉄槌の音、謡の声も聞こえないが、出崎の洲の端に、ぽっつりと、烏帽子の転がった形に成って、あの船も、船大工も見える。木納屋の苫屋は、さながらその素袍の袖である。――今しがた、此の女が、細道をすれ違った時、蕈に敷いた葉を残した笊を片手に、行く姿に、ふとその手鍋提げた下界の天女の俤を認めたのである。そぞろに声掛けて、「あの、茸を……三銭に売ったのか」とはじめ聞いた。えんぶだごんの値価でも説く事か、天女に対して、三銭也を口にする。……さもしいようだが、対手が私だから仕方がない。「ええ」と言うのに押被せて、「馬鹿馬鹿しく安いではないか」と義憤を起こすと、せめて言いねの半分には買って貰いたかったのだけれど、「旦那さんが見てであったしな……」と何か、私に対して、値の押問答をするのが極が悪くもあったらしい口振で。……「失礼だが、世帯の足に成りますか」ときくと、そのつもりではあったけれど、まるで足りない。煩って居なさる母さんの本復を祈って願掛けする、「お稲荷様のお賽銭に」と、少しあれたが、しなやかな白い指を、縞目の崩れた昼夜帯へ挟んだのに、さみしい財布がうこん色に、撥袋とも見えず挟って、腰帯ばかりが紅であった。「姉さんの言い値ほどは、お手間を上げます。あの松原は松露があると、宿で聞いて、……客はたて込む、女中は忙しいし、……一人で出て来たが覚束ない。次手に、いまの〈霜こし〉のありそうな処へ案内して、一つでも二つでも取らして下さい、……私は蕈狩が大好き――」と言って、言ううちに我ながら思入って、感激した。

はかない恋の思出がある。

もう疾に、余所の歴きとして奥方だが、その私より年上の娘さんの頃、秋の山遊びをかねた茸狩に連立った。男、女たちも大勢だった。茸狩に綺羅は入らないが、山深く分入るのではない。重箱を持参で茣蓙に毛氈を敷くのだから、いずれも身ぎれいに装った。中に、襟垢のついた見すぼらしい、母のない児の手を、娘さん――そのひとは、厭わしげもなく、親しく曳いて坂を上ったのである。衣の香に包まれて、藤紫の雲の裡に、何も見えぬ。冷いが、時めくばかり、優しさが頬に触れる袖の上に、月影のような青地の帯の輝くのを見つつ、心も空に山路を辿った。やがて皆、谷々、峰々に散って蕈を求った。かよわい其の人の、一人、毛氈に端坐して、城の見ゆる町を遥に、開いた丘に、少しのぼせて、羽織を脱いで、蒔絵の重に片袖を掛けて、ほっと憩らったのを見て、少年は谷に下りた。が、何を秘そう。その人のいま居る背後に、一本の松は、我が、なき母の塚であった。向った岳に、もみじの中に、昼の月、虚空に澄んで、月天の御堂があった。——幼い私は、人界の蕈を忘れて、草がくれに、偏に世にも美しい人の姿を仰いで居た。弁当に集った。吸筒の酒も開かれた。「関ちゃん——関ちゃん——」私の名を、——誰も呼ぶもののないのに、その人が優しく呼んだ。刺すよと知りつつも、引つかんで声を堪えた、茨の枝に胸のうずくばかりなのを尚お忍んだ——これをほかにしては、最うきこえまい……母の呼ぶと思う、なつかしい声を、いま一度、もう一度、くりかえして聞きたかったからであった。「打棄って置け、もう、食いに出て来る」私は傍の男たちの、しか言うのさえ聞こえる近まにかくれたのである。草を噛んだ。草には露、目には涙、縋る土にもしとしとと、もみじを映す糸のような紅の清水が流れた。「関ちゃん——関ちゃんや——」澄み透った空もやや翳る。……もの案じに声も曇るよ、と思うと、その人は、たけだちよく、高尚に、すらりと立った。——此の時、日月を外にして、其岳に、気高く立ったのは、其人唯一人であった。草に縋って泣いた虫が、いまは堪らず蟋蟀のように飛出すと、するすると絹の音、颯と留南奇の香で、もの静なる人なれば、せき心にも乱れずに、衝と白足袋で氈を辷って肩を抱いて、「まあ、可かった、怪我をなさりはしないかと、姉さんは心配しました」少年はあつい涙を知った。

やがて、世の状とて、絶えて其の人の俤を見る事の出来ずなってから、心も魂もただ憧憬に、家さえ、町さえ、霧の中を、夢のように徜徉った。――故郷の大通りの辻に、老舗の書店の軒に、土地の新聞を、日毎に額面に挿んで掲げた。面三の面上段に、絵入の続きもののあるのを、ぼんやりと彳んで見ると、さきの運びは分らないが、丁ど思合った若い男女が、山に茸狩をする場面である。私は一目見て顔がほてり、胸が躍った。――題も忘れた、いまは朧気であるから何も言うまい。……その恋人同士の、人目のあるため、左右の谷へ、わかれわかれに狩入ったのが、ものに隔てられ、巌に遮られ、樹に包まれ、兇漢に襲われ、獣に脅かされ、魔に誘われなどして、日は暗し、……次第に路を隔てつつ、恁くて両方でいのちの限り名を呼び合うのである。一句、一句、会話に、声に――がある……がある……！　が重る。――私は夜も寝られないまで、翌日の日を待ちあぐみ、日毎に其の新聞の前に立って読みふけった。が、三日、五日、六日、七日に成っても、まだその二人は谷と谷を隔てて居る。！……も、――も、ゝも、邪魔なようで焦ったい。が、しかしその一つ一つが、峨々たる巌、森とした樹立に見えた。ゝさえ深く刻んだ谷に見えた。……赤新聞と言うのは唯今でも何処かにある……土地の、その新聞は紙が青かった。それが澄渡った秋深き空のようで、文字は一ずつもみじであった。作中の娘は、わが恋人で、そして、とぼんと立って読むものは小さな茸のように思われた。――石に成った恋がある。少年は茸に成った。「関弥」ああ、勿体ない。……余りの様子を、案じ案じ捜しに出た父に、どんと背中を敲かれて、ハッと思った私は、新聞の中から、天狗の翼をこぼれたようにぽかんと落ちて、世に返って、往来の人を見、車を見、且つ屋根越に遠く我が家の町を見た――

なつかしき茸狩よ。

二十年あまり、恁くてその後、茸狩らしい真似をさえする機会がなかったのであった。

「……おともしますわ。でも、大勢で取りますから、茸があればいいんですけど……」

湯の町の女は、先に立って導いた。……

湖のなぐれに道を廻ると、松山へ続く畷らしいのは、ほかほかと土が白い。草のもみじを、嫁菜のおくれ咲が彩って、枯蘆に陽が透通る。……その中を、飛交うのは琅玕のような螽であった。

一つ、別に、此の畷を挟んで、大なる潟が湧いたように、苅田を沈め、鳰を浮かせたのは一昨日の夜の暴風雨の余残と聞いた。蘆の穂に、橋がかかると渡ったのは、横に流る川筋を、一つらに渺々と汐が満ちたのである。水は光る。

橋の袂にも、蘆の上にも、随処に、米つき虫は陽炎の如くに舞って、むらむらむらと下へ巻き下っては、トンと上って、むらむらと又舞いさがる。

一筋の道は、湖の只中を霞の渡るように思われた。

汽車に乗って、がたがた来て、一泊幾千の浦島に取って見よ、此の姫君さえ僭越である。

「真個に太郎と言います、太郎ですよ。――姉さんの名は？……」

「…………」

「姉さんの名は？……」

女は幾度も口籠りながら、手拭の端を俯目にくわえて、

「浪路。……」

と言った。

――と言うのである。……読者諸君、女の名は浪路だそうです。

四

あれに、翁が一人見える。

白砂の小山の畝道に、菜畑の菜よりも暖かそうな、おのが影法師を、われと慰むように、太い杖に片手づきしては、腰を休め休め近づいたのを、見ると、大黒頭巾に似た、饅頭形の黄なる帽子を頂き、袖なしの羽織を、ほかりと着込んで、腰に毛巾着を覗かせた……片手に網のついた畚を下げ、じんじん端折の古足袋に、藁草履を穿いて居る。

「少々、ものを伺います」

ゆるい、はけ水の小流の、一段ちょろちょろと落口を差覗いて、その翁の、又一息憩ろうた杖に寄って、私は言った。

翁は、頭なりに黄帽子を仰向け、髯のない円顔の、鼻の皺深く、すぐにむぐむぐと、日向に白い唇を動かして、

「此のの、私がいま来た、此の縦筋を真直ぐに、ずいずいと行かっしゃると、松原について畑を横に曲る処があるでの。……其を何処までも行かせると、沼があっての。その、す

ぼんだ処に、土橋が一つ架って居るわい。——それそれ、此の見当じゃ」

と、引立てるように、片手で杖を上げて、釣竿を撓めるが如く松の梢をさした。

「じゃがの」

と頭を緩く横に掉って、

「それをば渡っては成りませぬぞ。（と強く言って）……渡らずと、橋の詰をの、些と後へ戻るようなれど、左へ取って、小高い処を上らっしゃれ。其処が尋ねる実盛塚じゃわいやい」

と杖を直す。

安宅の関の古跡とともに、実盛塚は名所と聞く。……が、私は今それをたずねるのではなかった。道すがら、既に路傍の松山を二処ばかり探したが、浪路がいじらしいほど気を揉むばかりで、茸も松露も、似た形さえなかったので、獲ものを人に問うもおかしいが、且つは所在なさに、連をさし置いて、いきなり声を掛けたのであったが。

「いいえ、実盛塚へは——行こうか何うしようかと思って居るので、……実はおたずね申しましたのは」

「ほん、ほん、それでは、此じゃろうの」

と片手の畚を動かすと、ひたひたと音がして、ひらりと腹を飜した魚の金色の鱗が光った。

「見事な鯉ですね」

「いやいや、此は鮒じゃわい。さて鮒じゃがの……姉さんと連立たっせえた、こなたの様子で見ればや」

と鼻の下を伸ばして、にやりとした。

思わず、其の言に連れて振返ると、つれの浪路は、尾花で姿を隠すように、私の外套で顔を横に蔽いながら、髪をうつむけに成って居た。湖の小浪が誘うように、雪なす足の指の、ぶるぶると震えるのが見えて、肩も袖も、其の尾花に靡く。……手につまさぐるのは、真紅の茨の実で、その連る紅玉が、手首に珊瑚の数珠に見えた。

「ほん、ほん。こなたは、これ。〈や、爺い……其の鮒をば俺に譲れ〉と、姉さんと二人して、潟に放いて、放生会をさっしゃりたそうな人相じゃがいの。ほん、ほん。おはは」

と笑いながら、ちょろちょろ滝に、畚をぼちゃんとつけると、背を黒く鮒が躍って、水音とともに鰭が鳴った。

「憂慮をさっしゃるな。割いて爺の口に啖おうではない。——此は稲荷殿へお供物に献ずるじゃ。お目に掛けましての上は、水に放すわいやい」

と寄せた杖が肩を抽いて、背を円く流を覗いた。

「此の魚は強いぞ。……心配をさっしゃるな」

「お爺さん、失礼ですが、水と山と違いました」

私も笑った。

「茸だの、松露だのを些とばかり取りたいのですが、霜こしなんぞは、何の辺にあるでしょう。御存じはありませんか」

「ほん、ほん」

と黄饅頭を、点頭のままに動かして、

「茸——松露——それなら探さねば爺にかて分らぬがいやい。おはは、姉さんは土地の人じゃ。若いぱっちりとした目は、爺などより明じゃ。よう探いて貰わっしゃい」

「これはお隙づいえ、失礼しました」

「いや、何の嵩高な……」

「御免」

「静にござれい。——よう遊べ」

「何うかしたか、——姉さん、何うした」

「ああ、可恐い。……勿体ないようで、ありがたいようで、ああ、可恐うございましたわ」

「……………」

「いまのは、山のお稲荷様か、潟の龍神様でおいでなさいましょう。風のない、うららかな、こんな時にはな、よく此の辺をおあるきなさいますそうですから」

いま畚を引上げた、水の音はまだ響くのに、翁は、太郎虫、米搗虫の靄のあなたに、影に成って、のびあがると、日南の背も、もう見えぬ。

「しかし、様子は、霜こしの黄茸が化けて出たようだったぜ」

「あれ、もったいない。……旦那さん、あなた……」

五

「わ、何じゃい、これは」

「霜こし、黄い茸。……あはは、こんなばば蕈を、何の事じゃい」

「何が松露や。ほれ、こりゃ、破ると、中が真黒けで、うじゃうじゃと蛆のような筋のある〈狐の睾丸〉じゃがいの」

「旦那、眉毛に唾などつけっしゃれい」

「えろう、女狐に魅まれたなあ」

「これ、此の合羽占地茸はな、野郎の鼻毛が伸びたのじゃぞいな」

戻道、橋で、ぐるりと私たちを取巻いたのは、あまのじゃくを訛ったか、「じゃあま」と言い、「おんじゃ」と称え、「阿婆」と呼ばるる、浜方屈強の阿婆摺嬶々。町を一なめにする魚売の阿嬶徒で。朝商売の帰りがけ、荷も天秤棒も、腰とともに大胯に振って来た三人づれが、蘆の横川にかかったその橋で、私の提げた笊に集って、口々に喚いて囃した。その或ものは霜こしを指でつついた。或ものは松露をへし破って、チェッと言って水に棄てた。

「ほれ、真個の霜こしを見さっしゃい。此じゃがいの」

と尻とともに天秤棒を引傾げて、私の目の前に揺り出した。成程違う。

「松露とは、一寸、こんなものじゃ」

と上荷の笊を、一人が敲いて、

「ぽんとして、ぷんと、それ、香しかろ」

成程違う。

「私が方には、ほりたての芋が残った。旦那が見たら蛸じゃろね」

「背中を一つ、ぶん撲って進じょうか」

「ばば茸持って、おお穢や」

「それを食べたら、肥料桶が、早桶に成って即死じゃぞの、ペッペッペッ」

私は茫然とした。

浪路は、と見ると、悄然と身をすぼめて首垂るる。

ああ、きみたち、阿媽、しばらく！……

如何にも、唯今申さるる通り、較べては、玉と石で、まるで違う。が、似て非なるにせよ、毒にせよ。此をさえ手に狩るまでの、ここに連れだつ、此の優しい女の心づかいを知ってるか。

――あれから菜畑を縫いながら、更に松山の松の中へ入ったが、山に山を重ね、砂に砂、窪地の谷を渡っても、余りきれいで……たまたま落ちこぼれた松葉のほかには、散敷いた木の葉もなかった。

此の浪路が、気をつかい、心を尽した事は言うまでもなかろう。

阿媽、此を知ってるか。

忽ち、口紅のこぼれたように、小さな紅茸を、私が見つけて、それさえ嬉しくって取ろうとするのを、遮って留めながら、浪路が松の根に気の萎えた、袖棲をついて坐った時、あせった頬は汗ばんで、その頸脚のみ、たださしのべて、討たるるように白かった。

阿媽、其を知ってるか。

薄色の桃色の、その一つの紅茸を、燈の如く膝の前に据えながら、袖を合わせて合掌して、「小松山さん、山の神さん、何うぞ茸を頂戴な。下さいな」と、やさしく、あどけない声して言った。

「小松山さん、山の神さん、
何うぞ、茸を頂戴な。
下さいな。——」

真の心は、其のままに唄である。

私もつり込まれて、低声で唄った。

「ああ、ありました」

「おお、あった。あった」

ふと見つけたのは、唯一本、スッと生えた、侏儒が渋蛇目傘を半びらきにしたような、洒落ものの茸であった。

「旦那さん、早く、あなた、ここへ、ここへ」

「や、先刻見た、かっぱだね。かっぱ占地茸……」

「一つですから、一本占地茸とも言いますの」

先ず、枯松葉を笊に敷いて、根をソッと抜いて据えたのである。

続いて、霜こしの黄茸を見つけた——その時の歓喜を思え。——真打だ。本望だ。

「山の神さんが下さいました」

浪路はふたたび手を合わした。

「嬉しく頂戴をいたします」

私も山に一礼した。

さて一つ見つかると、あとは女郎花の枝ながらに、根をつらねて黄色に敷く、泡のようなの、針のさきほどのも交った。松の小枝を拾って掘った。尖はとがらないでも、砂地だからよく抜ける。

「松露よ、松露よ、——旦那さん」

「素晴しいぞ」

むくりと砂を吹く、飯蛸の乾びた天窓ほどなのを掻くと、砂を被って、ふらふらと足のようなものがついて取れる。頭をたたいて、

「飯蛸より、これは、海月に似て居る、山の海月だね」

「ほんになあ」

じゃあま、あばあ、阿媽が、いま、〈狐の睪丸〉ぞと罵ったのはそれである。

が、待て——蕈狩、松露取は闌の興に入った。

浪路は、あちこち枝を潜った。松を飛んだ、白鷺の首か、脛も見え、山鳥の翼の袖も舞った。小鳥のように声を立てた。

砂山の波が重り重って、余りに二人のほかに人がない。——私はなぜかゾッとした。あの、翼、あの、帯が、ふと恁る時、色鳥とあやまられて、鉄砲で打たれはしまいか。——今朝も潜水夫の如きしたたかな扮装して、宿を出た鉄砲家を四五人も見たものを。

遠くに、黒い島の浮いたように、脱ぎすてた外套を、葉越に、枝越に透かして見つけて、

「浪路さん——姉さん——」唯、昔の恋に、声がくもった。姿を見失ったその人を、呼んで、やがて、莞爾した顔を見た時は、恋人にめぐり逢った、世にも嬉しさを知ったのであ

る。

阿婆、これを知ってるか。

無理に外套を掛けさせて、私も憩った。

着崩れた二子織の胸は、血を包んで、羽二重よりも滑である。

湖の色は、あお空と、松山の翠の中に朗に沁通った。

故とのように、就中 遥に離れた汀について行く船は、二艘、前後に帆を掛けて辷ったが、其の帆は、紫に見え、紅く見えて、そして浪路の襟に映り、肌を染めた。渡鳥がチチと囀った。

「あれ、小松山の神さんが」

や、や、如何に阿媽たち、――此の趣を知ってるか。――

「旦那、眉毛を濡らさんかねえ」

「此の狐」

と一人が、浪路の帯を突きざまに行き抜けると、

「浜でも何人抜かれたやら」一人がつづいて頤で掬った。

「また出て、魅しくさるずらえ」

「真昼間だけでも遠慮せいてや」

「女の狐の癖にして、睾丸をつかませたは可笑なや、あはははは」

「そこが化けたのや」

「おお、可恐やの」

「やあ、旦那、松露なと、黄茸なと、真個ものを売ってやろかね」

「たかい銭で買わっせえ」

行過ぎたのが、菜畑越に、縺れるように、一斉に顔を重ねて振返った。三面六臂の夜叉に似て、中にはおはぐろの口を張ったのがある。手足を振って、真黒に喚いて行く。

消入りそうなを、背を抱いて引留めないばかりに、ひしと寄った。我が肩するる婦の髪に、櫛もささない前髪に、上手がさして飾ったように、松葉が一葉、青々と然も婀娜に斜にささって、〈前こぞう〉とか言う簪の風情そのままなのを、不思議に見た。茸を狩るうち、松山の松がこぼれて、奇蹟の如く、おのずから挿さったのである。

「ああ、嬉しい事がある。姉さん、茸が違っても何でも構わない。今日中のいいものが手に入ったよ――顔をお見せ」

袖でかくすを、

「いや、前髪をよくお見せ。――一寸手を触って、当てて御覧、大したものだ」

「ええ」

ソッと抜くと、掌に軽くのる。私の名に、もし松があらば、げに其のままの刺青である。

「素晴らしい簪じゃあないか。前髪にささって、その、容子のいい事と言ったら」

涙が、その松葉に玉を添えて、

「旦那さん――堪忍して……あの道々、あなたがお幼い時のお話もうかがいます。――真のあなたのお頼みですのに、何うぞしてと思っても一だって見つかりません……嘘と知って居て、そんな茸をあげました。余り欲しゅうございましたので、私にも、私にかつて真個の茸に見えたんですもの。……お恥かしい身体ですが、お言のまま、あのお宿までもお供して……もし其の茸をめしあがるんなら、屹とお毒味を先へして、血を吐くつもりで居りました。生命がけでだましました。……堪忍して下さいまし」

「何を言うんだ、飛でもない。――さ、一寸、自分の手で其の松葉をさして御覧。……それは容子が何とも言えない、よく似合う。よ。頼むから」

と、かさに掛って、勢よくは言いながら、胸が切って声が途切れた。

「後生だから」

「はい、……あの、こうでございますか」

「上手だ。自分でも髪を結えるね。ああ、よく似合う。さあ、見て御覧。何だ、袖に映したって、映るものかね。此処は引汐か、水が動く。――此方が可い。あの松影の澄んだ処が」

「ああ、御免なさい。堪忍して……映すと狐になりますから」

「私が請合う、大丈夫だ」

「まあ」

「ね、そのままの細い翡翠じゃあないか。琅玕の珠だよ。――小松山の神さんか、龍神が、姉さんへのたまものなんだよ」

ここにも飛交う螽の翠に。――

「いや、松葉が光る、白金に相違ない」

「ええ。旦那さんのお情は、翡翠です、白金です……でも、私はだんだんに、……あれ、口が裂けて」

「ええ」

「目が釣上って……」

「馬鹿な事を。――蕈で嘘を吐いたのが狐なら、松葉でだました私は狸だ。――狸だ。……」

と言って、真白な手を取った。

湖つづき蘆中の静な川を、ぬしのない小船が流れた。

木の子説法

「――鱧あみだ仏、はも仏と唱うれば、鮒らく世界に生れ、鯒へ鯒へと請ぜられ……仏と雑魚して居べし。されば……干鯛貝らいし、真経には、蛸とくあの鱈――」

……時節柄を弁えるがいい。蕎麦は二銭さがっても、此のせち辛さは、明日の糧を思って、真面目にお念仏でも唱えるなら格別、「蛸とくあの鱈」などと愚にもつかない駄洒落を弄ぶ、と、こごとが出そうであるが、本篇に必要で、酢にするように切離せないのだから、少時御海容を願いたい。

「……干鯛かいらいし……ええと、蛸とくあの鱈、三百三もんに買うて、鰤菩薩に参らする――ですか。とぼけて居て、一寸愛嬌のあるものです。ほんの一番だけ、おつきあい下さいませんか」

恁う、つれに誘われて、それからの話である。「蛸とくあのくたら」然り、これだけに対しても、三百三もんがほどの価値をお認めになって、口惜い事はあるまいと思う。

つれは、毛利一樹、という画工さんで、多分、插画家協会会員の中に、芳名が列って居ようと思う。私は、当日、小作の插画のために、場所の実写を誂えるのに同行して、麻布我善坊から、狸穴辺――化けるのかと、すぐに又おなかまから苦情が出そうである。が、憚りながら然うではない。我ながら一寸しおらしいほどに思う。嘗て少年の頃、師家の玄関番をして居た折から、美しい其の令夫人のおともをして、某子爵家の、前記のあたりの別荘に、栗を拾いに来た。拾う栗だから申すまでもなく毬のままのが多い。別荘番の貸してくれた鎌で、山がかりに出来た庭裏の、まあ、谷間で。御存じでもあろうが、あれは爪先で刺々を軽く圧えて、柄を手許へ引いて掻く。……不器用でも、これは書生の方がうまかった。令夫人は、駒下駄で圧えても転げるから、褄をすんなりと、白い足袋はだし、それでも、がさがさと針を揺り、歯を剝いて刎ねるから、憎らしい……と足袋もとって、雪を練りものにしたような素足で、裳をしなやかに、毬栗を挟んでも、唯すんなりとして、露に褄もこぼれなかった。――此の趣を写すのに、画工さんに同行を願ったのである。これだと、何うも、其のまま浮世絵に任せたがよさそうに思われない事もない。が、然うすると、さもしいようだが、作者の方が飯にならぬ。そッとして置く。

尤も三十年も以前の思出である。もとより別荘などは影もなくなった。が、狸穴、我善坊の辺だけに、引潮のあとの海松に似て、樹林は土地の隅々に残って居る。餅屋が構図を飲込んで、スケッチブックを懐に納めたから、雑と用済みの処、そちこち日暮だ。……大和田は程遠し、些と驕りに成る……見得を云うまい、これがいい、これがいい。長坂の更科で、我が一樹も可なり飲ける、二人で四五本傾けた。

時は盂蘭盆にかかって、下町では草市が立って居よう。もののあわれどころより、雲を掻裂きたいほど蒸暑かったが、何年にも通った事のない、十番でも切ろうかと、曽我ではなけれど気が合って歩行き出した。坂を下りて、一度ぐっと低くなる窪地で、途中街灯の光が途絶えて、鯨が寝たような黒い道があった。鳥居坂の崖下から、日ケ窪の辺らしい。一所、板塀の曲角に、白い蝙蝠が拡ったように、比羅が一枚貼ってあった。一樹が立留まって、繁った樫の陰に、表町の淡い燈にすかしながら、其の「——干鯛かいらいし——……蛸とくあのくたら——」を言ったのである。

「魚説法、と云うのです——狂言があるんですね。時間もよし、此の横へ入った処らしゆうございますから」

すぐ角を曲るように、樹の枝も指せば、おぼろげな番組の末に箭の標示がしてあった。古典な能の狂言も、社会に、尖端の簇を飛ばすらしい。けれども、五十歩にたりぬ向うの辻の柳も射ない。のみならず、矢竹の墨が、ほたほたと太く、蓑の毛を羽にはいだような形を見ると、古俳諧に所謂——狸を威す篠張の弓である。

これも又……面白い。

「おともしましょう、望む処です」

気競って言うまで、私はいい心持に酔って居た。

「通りがかりのものです。……臨時に見物をしたいと存じますのですが」

「望む所でございます」

と、式台正面を横に、卓子を控えた、受附世話方の四十年配の男の、紋附の帷子で、舞袴を穿いたのが、さも歓迎の意を表するらしく気競って言った。これは私たちのように、酒気があったのでは決してない。

切符は五十銭である。第一、順と見えて、六十を越えたろう、白髪のお媼さんが下足を預るのに、二人分に、洋杖と蝙蝠傘を添えて、これが無料で、蝦蟆口を捻った一樹の心づけに、手も触れない。

この世話方の、おん袴に対しても、――〈たかが半円だ、ご免を被って大きく出て置け〉――軽少過ぎる。卓子を並べて、謡本少々と、扇子が並べてあったから、ほんの松の葉の寸志と見え、一樹が宝生雲の空色なのを譲りうけて、其の一本を私に渡し、

「いかが」

「これも望む処です」

つい私は莞爾した。扇子店の真上の鴨居に、当夜の番組が大字で出て居る。私が一わたり読み取ったのは、唯今の塀下ではない、此処での事である。合せて五番。中に能の仕舞もまじって、序から雑と覚えては居るが――狸の口上らしくなるから一々は記すまい。必要なのだけを言おう。

必要なのは――魚説法――に続く三番目に、一、茸、〈くさびら〉――鷺、玄庵――の曲である。

道の事はよくは知らない。しかし鷺の姿は、近ごろ狂言の流に影は映らぬと聞いて居る。古い隠居か。むかしものの物好で、稽古を積んだ巧者が居て、其の人たち、言わば素

人の催しであろうも知れない。狸穴近所には相応しい。が、私のいうのは流儀の事ではない。曲である。

この、茸――

慌しいまでに、一樹が狂言を見ようとしたのも、他のどの番組でもなく、ただこれあるがためであろう、と思う仔細がある。恰も一樹が、扇子のせめを切りながら、片手の指のさきで軽く乳のあたりと思う胸をさすって、返す指で、左の目を圧えたのを見るにつけても。……

一樹を知ったほどのもので、画工さんの、此の癖を認めないものはなかろう。ちょいと内証で、人に知らせないように遣る、此の早業は、しかしながら、礼拝と、愛撫と、謙譲と、然も自侍をかね、色を沈静にし、目を清澄にして、胸に、一種深き人格を秘したる、珠玉を偲ばせる表顕であった。

恁ういううちにも、舞台――舞台は二階らしい。――一間四面の堂の施主が、売僧の魚説法を憤って、

「――おのれ何としょうぞ――」

「――打たば打たしめ、棒鱈か太刀魚でおうちあれ――」

「――おのれ、又打擲をせいでおこうか――」

「――ああ、いかな、かながしらも堪るものではない――」

「――ええ、苦々しいやつかな――」

「――いり海老のような顔をして、赤目張るの――」

「――さてさて憎いやつの――」

相当の役者と見える。声が玄関までよく通って、其の間に見物の笑声が、どッと響いた。

「さあ、此方へ何うぞ」

「憚り様」

階子段は広い。――先へ立つ世話方の、あとに続く一樹、と並んで、私の上りかかる処を、あがり口で世話方が片膝をついて、留まって、「ほんの仮舞台、諸事不行届きでありまして」

挨拶するのに、段を覗込んだ。その頭と、下から出かかった頭が二つ……妙に並んだ形が、早や横正面に舞台の松と、橋がかりの一二三の松が、人波をすかして、揺れるように近々と見えるので……やや其の松の中へ、次の番組の茸が土を擡げたようで、余程おかしい。……いや、高砂の浦の想われるのに対しては、寧ろ、むくむくとした松露であろう。其の景色の上を、追込まれの坊主が、鰭の如く、キチキチと法衣の袖を煽って、

「――こちゃ唯飛魚といたそう――」

「――まだ其のつれを言うか――」

「――飛魚しょう、飛魚しょう――」

と揚幕へ宙を飛んだ――さらりと落す、幕の隙に、古畳と破障子が顕われて、消えた。

……思え、講釈だと、水戸黄門が龍神の白頭、床几にかかり、奸賊紋太夫を抜打に切って棄てる場所に……伏屋の建具の見えたのは、何うやら寂びた貸席か、出来合の倶楽部などを仮に使った興行らしい。

見た処、大広間、六七十畳、舞台を二十畳ばかりとして、見物は一杯とまではない、が賑であった。

此の暑さに、五つ紋の羽織も脱がない、行儀の正しいのもあれば、浴衣で腕まくりをしたのも居る。――裾模様の貴婦人、ドレスの令嬢も見えたが、近所居まわりの長屋連らしいのも少くない。印半纏さえも入れごみで、席に劃はなかったのである。

で、階子の欄干際を縫って、案内した世話方が、

「あすこが透いて居ります。……何うぞ」

と云った。脇正面、橋がかりの松の前に、肩膝を透いて、毛氈の緋が流れる。色紙、短冊でも並びそうな、おさらいや場末の寄席気分とは、さすが品の違った座をすすめてくれたが、裾模様、背広連が、多く其の席を占めて、切髪の後室も二人ばかり、白襟で控えて、金泥、銀地の舞扇まで開いて居る。

われら式、……いや、もう此処で結構と、すぐ其の欄干に附着いた板敷へ席を取ると、更紗の座蒲団を、両人に当てがって、

「涼い事は此の辺が一等でして」

と世話方は階子を下りた。が、ひどく蒸暑い。

「御免を被って」

「さあ、脱ぎましょう」

と、こくめいに畳んで持った。手拭で汗を拭いた一樹が、羽織を脱いで引くるめた。

……羽織は、まだしも、世の中一般に、頭に被るものと極った麦藁の、安値なのではあるが夏帽子を、居かわり立直る客が蹴散らし、踏挫ぎそうにする……

また幕間で、人の起居は忙しく成るし、生憎通筋の板敷に席を取ったのだから堪らな

い。膝の上にのせれば、跨ぐ。敷居に置けば、蹴る、脇へずらせば踏もうとする。

「ちょッ」

一樹の囁く処によれば、こうした能狂言の客の不作法さは、場所にはよろうが、芝居にも、映画場にも、場末の寄席にも比較しようがないほどで。男も女も、立てば、坐ったものを下人と心得る、即ち頤の下に人間はない気なのだそうである。

中にも、こども服のノーテイ少女、モダン仕立ノーテイ少年の、跋扈跳梁は夥多しい。

……

おなじ少年が、しばらくの間に、一度は膝を跨ぎ、一度は脇腹を小突き、三度目には腰を蹴つけた。目まぐろしく湯呑所へ通ったのである。

一樹が、あの、指を胸につけ、其の指で、左の目をおさえたと思うと、

「毬栗は果報ものですよ」

私を見て苦笑しながら、羽織でくるくると夏帽子を包んで、みしと言わせて、尻にかって、投膝に組んで掌をそらした。

「がきに踏まれるより此の方がさばさばします」

何としても、これは画工さんの所為ではない——桶屋、鋳掛屋でもしたろうか？……静

かに――それどころか！……震災前には、十六七で、渠は博徒の小僧であった。――家、いや其の長屋は、妻恋坂下――明神の崖うらの穴路地で、二階に一室の古屋だったが、物干ばかりが新しく突立って居たと言う。――

これを聞いて、予て、知って居た所為であろう。おかしな事には、いま私たちが寄凭るばかりにして居る、此の欄干が、まわりにぐるりと板敷を取って、階子壇を長方形の大穴に抜いて、押廻わして、然も新しく切立って居るので、はじめから、たとえば毛利一樹氏、自叙伝中の妻恋坂下の物見に似たように思われてならなかったのである。

「――これはこのあたりのものでござる――」

藍の長上下、黄の熨斗目、小刀をたしなみ、持扇で、舞台で名のった――背の低い、肩の四角な、堅く成ったか、癇の所為か、首のやや傾いだアトである。

「――某が屋敷に、当年はじめて、何とも知れぬくさびらが生えた――ひたもの取って捨つれども、夜の間には生え生え、幾度取っても又もとの如く生ゆる、かような不思議なことはござらぬ――」

鷺玄庵、シテの出る前に、此の話の必要上、一樹――本名、幹次郎さんの、其の妻恋坂の時分の事を言わなければならぬ。はじめ、別して酔った時は、幾度も画工さんが話したから、私たちは殆ど其の言葉通りといってもいいほど覚えて居る。が、名を知られ、売れッこに成ってからは、気振りにも出さず、事の一端に触れるのをさえ避けるようになった。苦心談、立志談は、往々にして、其の反対の意味の、自己吹聴と、陰性の自讃、卑下高慢になるのに気附いたのである。談中――主なるものは、茸で、渠が番組の茸を遁げて、比羅の、蛸とあのくたらを説いたのでも、ほぼ不断の態度が知れよう。

但し、以下の一齣は、嘗て、一樹、幹次郎が話したのを、殆ど其のままである。

「――其の年の残暑の激しさといってはありませんでした。内中皆裸体です。六畳に三畳、二階が六畳と云う浅間ですから、開放しで皆見えますが、近所が近所だから、そんな事は平気なものです。――色気も娑婆気も沢山な奴等が、たかが暑いくらいで、そんな状をするのではありません。実はまるで衣類がない。――此が寒中だと、とうの昔凍え死んで、こんな口を利くものは、貴方がたの前に消えて了って居たんでしょうね。

男はまだしも、婦もそれです。ご新姐――いま時、妙な呼び方で。……主人が医師の出来損いですから、出来損いでも奥さん。……さしあたってな小賭博が的だったのですから、三下の潜りでも、姉さん。――話の次手ですが、裸の中の大男の尻の黄色なのが主人で、汚れた畚褌をして居たのです、褌が畚じゃ、姉ごとは行きません。それにした処で、姉さんとでも云うべき処を、ご新姐――と皆が呼びましたのは。――

万世橋向うの――町の裏店に、もと洋服のさい取を萎して、あざとい碁会所をやって居た――金六、ちゃら金という、野幇間のような兀の一寸一寸顔を出すのが、ご新姐、ご新姐という、それがつい、口癖に成ったんですが。――膝股をかくすものを、腰から釣したように、乳を包んだだけで。……あとは唯真白な……冷い……のです。冷い、と極めたのは妙ですけれども、飢えて空腹くって居るんだから、夏でも火気はありますまい。死ぎわに熱でも出なければ――しかし、若いから、そんなに痩せ細ったほどではありません。中肉で、脚のすらりと、小股のしまった、瓜ざね顔で、鼻筋の通った、目の大い、無口で、それで、ものいいのきっぱりした、少し言葉尻の上る、声に歯ぎれの嶮のある、しかし、気の優しい、私より四つ五つ年上で――唯うつくしいというより仇っぽい婦人だったんです。何しろ其の体裁ですから、すなおな髪を引詰めて櫛巻で居ましたが、生際が薄青いくらい、襟脚が透通って、日南では消えそうに、おくれ毛ばかり艶々として、涙でしょう、濡れて居る。悲惨な事には、水ばかり飲むものだから、身籠ったように却ってふくれて、下腹のゆいめなぞは、乳の下を縊ったようでしたよ。

空腹にこたえがないと、つよく紐をしめますから、男だって。……

お雪さん――と言いました。其の大切な乳をかくす古手拭は、膚に合った綺麗好きで、腰のも一所に、唯洗い唯洗いするんですから、油旱の炎熱で、銀粉のようににじむ汗に、ちらちらと紗のように靡きました。これなら干ぼしに成ったら、すぐ羽にかわって欄間を飛ぶだろうと思ったほどです。いいえ、天人なぞと、そんな贅沢な。裏長屋ですもの、くさばかげろうの幽霊です。

その手拭が、娘時分に、踊のお温習に配ったのが、古行李の底かなにかに残って居たのだから、あわれですね。

千葉だそうです。千葉の町の大きな料理屋、万翠楼の姉娘が、今の主人の、其の頃医学生だったのと間違って。……唯、それだけではないらしい。学生の癖に、悪く、商売人じみた、はなを引く、賭碁を打つ。それじゃ退学にならずに居ません。佐原の出で、なまじ故郷が近いだけに、外聞かたがた東京へ遁出した。姉娘があとを追って遁げて来て

——料理屋の方は、尤も継母だと聞きましたが——帰れ、と云うのを、男が離さない。女も情を立てて帰らないから、両方とも、親から勘当になったんですね、親類義絶——つまるところ。

一枚、畚褌の上へ引張らせると、背は高し、幅はあり、風采堂々たるものですから、まやかし病院の代診なぞには持って来いで、あちこち雇われもしたそうですが、脈を引く前に、顔の真中を見るのだから、身が持てないで、その目下の始末で。……

変に物干ばかり新しい、妻恋坂下へ落ちこぼれたのも、洋服の月賦払の滞なぞから引かかりの知己で。——町の、右の、ちゃら金のすすめなり、後見なり、ご新姐の仇な処をおとりにして、碁会所を看板に、骨牌賭博の小宿と云う、もくろみだったらしいのですが、碁盤の櫓をあげる前に、長屋の城は落ちました。どの道落ちる城ですが、其の没落をはやめたのは、慾にあせって、怪しい企をしたからなんです。

質の出入れ——此の質では、ご新姐の蹴出し……縮緬のなぞはもう疾くにない、青地のめりんす、と短刀一口。数珠一聯。千葉を遁げる時からたしなんだ、いざという時の二品を添えて、何ですか、三題話のようですが、凄いでしょう。事実なんです。貞操の徴と、女の生命とを預けるんだ。——〈何とかじゃ築地へ帰られねえ〉——何の事だかわかりませんがね、然ういって番頭を威かせ、と言いつかった通り、私が（一樹、幹次郎、自分をいう）使に行ったんです。冷汗を流して、談判の結果が三分、科学的に数理で顕せば、七十と五銭ですよ。

お雪さんの身になったらどうでしょう。じか肌と、自殺を質に入れたんですから。自殺を質に入れたのでは、死ぬよりもつらいでしょう。――

――当時、然ういった様子でしてね。質の使、笊でお菜漬の買ものだの、……これは酒よりは香が利きます。――はかり炭、粉米のばら銭買の使いに廻らせる。――わずかの縁に縋ってころげ込んだ苦学の小僧（再び、一樹、幹次郎自分をいう）には、よくは、様子は分らなかったんですが、――ちゃら金の方へ、鴨がかかった。――其処で、心得のある、ここの主人をはじめ、いつもころがり込んで居る、なかまが二人、一人は検定試験を十年来落第の中老の才子で、近頃は唯一攫千金の投機を狙って居ます。一人は、今は小使を志願しても間に合わない、慢性の政治狂と、三個を、紳士、旦那、博士に仕立てて、さくら、というものに使って、鴨を剝いで、骨までたたかうという企謀です。

前々から、ちゃら金が、ちょいちょい来ては、昼間の廻燈籠のように、二階だの、濡縁だの、薄羽織と、兀頭をちらちらさして、ひそひそと相談をして居ましたっけ。

当日は、小僧に一包み衣類を背負わして——損料です。黒絽の五つ紋に、おなじく鉄無地のべんべらもの、くたぶれた帯などですが、足袋まで身なりが出来ました。然うは資本が続かないからと、政治家は、セルの着流しです。そのかわり、此の方は山高帽子で——おやおや忘れた——鉄無地の旦那に被せる帽子を。……其処で、小僧のを脱がせて、鳥打帽です。

——覚えて居ますが、其の時、ちゃら金が、ご新姐に、手づくりのお惣菜、麁末なもの、と重詰の豆府滓、……卯の花を煎ったのに、繊の生姜で小気転を利かせ、酢にした鯷鰯で気前を見せたのを一重。——きらずだ、繋ぐ、見得がいいぞ、吉左右！　とか言って、腹が空いて居るんですから、五つ紋も、仙台平も、手づかみの、がつがつ喰。……

で、それ以来——事件の起りました、就中暑い日になりますまで、殆ど誰も腹に堪るものは食わなかったのです。——……つもっても知れましょうが、講談本にも、探偵ものにも、映画にも、名の出ないほどの悪徒なんですから、其の、へまさ加減。一つ穴のお螻どもが、反対に鴨にくわれて、でんぐりかえしを打ったんですね。……夜になって、炎天の鼠のような、目も口も開かない、どろどろで帰って来た、三人のさくらの半間さを、ちゃら金が、いや怒るの怒らないの。……儲けるどころか、対手方に大分の借が出来た、さあ何うする。……で、損料……立処に損料を引剝ぐ。中にも落第の投機家なぞは、どぶっで汗ッかき、おまけに脚気を煩って居たんだから、此のしみばかりでも痛事ですね。其の時です……洗いざらい、お雪さんの、蹴出しと、数珠と、短刀の人身御供は――まだ其の上に、無慙なのは、四歳になる男の児があったんですが、口癖に――おなかがすいた――おなかがすいた――と唱歌のように唱うんです。

〈――かなしいなあ――〉

お雪は、其の、きっぱりした響く声で。……何うかすると、雨が降過ぎても、

〈――かなしいなあ――〉

と云う一つ癖があったんです。尻上りに、うら悲しい……やむ事を得ません、得ませんけれども、悪い癖です。心得なければ不可ませんね。

幼い時聞いて、前後うろ覚えですが、私の故郷の昔話に、〈椿ばけ――ばたり〉農家のひとり子で、生れて口をきくと、〈椿ばけ――ばたり〉と啞の一声ではないけれども、いくら叱っても治らない。弓が上手で、のちにお城に、もののけがあって、国の守が可恐い変化に悩まされた時、自から進んで出て、奥庭の大椿に向っていきなり矢を番えた。〈椿ばけ――ばたり〉と切って放すと、枝も葉も萎々となって、ばたり。で、国のやみが明く

なった——そんな意味だったと思います。言葉は気をつけなければ不可ませんね。食不足で、ひくひく煩って居た男の児が七転八倒します。私は方々の医師へ駆附けた。が、一人も来ません。お雪さんが、抱いたり、擦ったり、半狂乱で居る処へ、右の、ばらりざんと敗北した落武者が這込んで来た始末で……その悲惨さといったらありません。食あたりだ。医師のお父さんが、診察をしたばかりで、藪だから何うにも出来ない。あくる朝なくなりました。きらずに煮込んだ剝身は、小指を食切るほどの勢で、私も二つ三つおすそわけに預るし、皆も食べたんですから、看板の鯷のせいです。幾月ぶりかの、お魚だから、大人は、坊やに譲ったんです。其癖、出がけには、坊や、晩には玉子だぞ。お土産は電車だ、と云って出たんですのに。——

お雪さんは、歌麿の絵の海女のような姿で、鮑——いや小石を、そッと拾っては、鬼門をよけた雨落の下へ、積み積みして居たんですね。

めそめそ泣くような質ではないので、石も、日も、少しずつ積りました。

〈——かなしいなあ——〉

——さあ、其残暑の、朝から、旱りつけます中へ、端書が来ましてね。——落目も恁うなると、めったに手紙なんぞ覗いた事のないのに、至急、と朱がきのしてあったのを覚えて居ます。ご新姐あてに、千葉から荷が着いて居る。お届けをしようか、受取りにおいで下さるか、と云う両国辺の運送問屋から来たのでした。

品ものと言えば釘の折でも、屑屋へ売るのに欲い処。……返事を出す端書が買えないんですから、配達をさせるなぞは思いもよらず……急いで取りに行く。此の使の小僧ですが、二日ばかりと云うもの、かたまったものは、漬菜の切れはし、黒豆一粒入って居ません。ほんとうのひもじさは、話では言切れない、あなた方の腹がすいたは、都合によってすかせるのです。いいえ、何も喧嘩をするのじゃありません、おわかりにならんと思いますから、よしますが。

尤も、其の前日も、金子無心の使に、芝の巴町附近辺まで遣られましてね。出来ッこはありません。勿論、往復とも徒歩なんですから、帰途によろよろ目が眩んで、丁ど、一つ橋を出ようとした時でした。午砲！――あの音で腰を抜いたんです。土を引掻いて起上る始末で、人間も恁うなると浅間しい。……行暮れた旅人が灯をたよるように、山賊の棲でも、いかさま碁会所でも、気障な奴でも、路地が曲りくねって居ても、何となく便る気が出て。――町のちゃら金の店を覗くと、出窓の処に、忠臣蔵の雪の夜討の炭部屋の立盤子を飾って、碁盤が二三台。客は居ません。ちゃら金が、碁盤の前で、何だか古い帳面を繰って居りましたっけ。〈や、お入り〉金歯で呼込んで、家内が留守で蕎麦を取る処だ、といって、一つ食わしてくれました。もり蕎麦は、滝の荒行ほど、どっしりと身にこたえましたが、そのかわり、ご新姐――お雪さんに、〈おい、極内証だぜ〉と云って、手紙を托けたんです、菫色の横封筒……いや、何うも、其癖、言う事は古い。〈いい加減に常盤御前が身のためだ〉と恁うです。どの道そんな蕎麦だから、伸び過ぎて居て、ひどく中毒って、松住町辺をうなりながら歩くうちに、何処かへ落して了いましたが。

――今度は、何処で倒れるだろう。さあ使いに行く。着るものは――

　私の田舎の叔母が一枚送ってくれた単衣を、病人に着せてあるのを剝ぐんです。其の臭さというものは。……とにかく妻恋坂下の穴を出ました。

　こんなにして居て、何うなるだろう。櫓のような物干を見ると、ああ、いつの間にか、其処にも片隅に、小石が積んであるんです。何ですか、明神様の森の空が、雲で真暗なようでした。

　鰻屋の神田川――今にも其の頃にも、まるで知己はありませんが、彼処の前を向うへ抜けて、大通りを突切ろうとすると、あの黒い雲が、聖堂の森の方へ馳ると思うと、頭の上にかぶさって、上野へ旋風を捲きながら、灰を流すように降って来ました。ひょろひょろの小僧は、叩きつけられたように、向う側の絵草紙屋の軒前へ駆込んだんです。濡れるのを厭いはしません。吹倒されるのが可恐かったので、柱へつかまった。

一軒隣に、焼芋屋がありましてね。また此の路地裏の道具屋が、私の、東京ではじめて草鞋を脱いだ場所で、泊めて貰った。しかも其の日、晩飯を食わせられる時、道具屋が、めじの刺身を一臠箸で挟んで、鼻のさきへぶらさげて、東京じゃ、此が一皿、じゃあない、一臠、若干金につく。……お前たちの二日分の祭礼の小遣いより高い、と云って聞かせました。――其の時以来、腹のくちい、という味を知らなかったのです。しかし、ぼんやり突立っては、よく此の店を覗いたものです。――横なぐりに吹込みますから、古風な店で、半分蔀をおろしました。暗くなる……薄暗い中に、颯と風に煽られて、媚めかしい婦の裙が燃えるのかと思う、あからさまな、真白な大きな腹が、蒼ざめた顔して、宙に倒にぶら下りました。……御存じかも知れません、芳年の月百姿の中の、安達ケ原、縦絵二枚続の孤家で、店さきには遠慮をする筈、別の絵を上被りに伏せ込んで、窓の柱に掛けてあったのが、暴風雨で帯を引裂いたようにめくれたんですね。ああ、吹込むしぶきに、肩も踵も、わなわな震えて居る。……

雨はかぶりましたし、裸のご新姐の身の上を思って……」

〈――語ってここを言う時、その胸を撫でて、目を押える。ことをする〉

「まぶたを溢れて、鼻柱をつたう大粒の涙が、唇へ甘く濡れました。甘い涙。――聊か気障ですが、うれしい悲しいを通り越した、辛い涙、渋い涙、鉛の涙、男女の思迫った、そんな味は覚えがない、ひもじい時の、芋の涙、豆の涙、餡ぱんの涙、金鍔の涙。ここで甘い涙と申しますのは。――結膜炎だか、のぼせ目だか、何しろ弱り目に祟り目でしょう。左の目が真紅になって、渋くって、辛くって困りました時、お雪さんが、乳を絞って、つぎ込んでくれたのです。

〈――かなしいなあ――〉

走りはしません、ぽたぽたぐらい。一人児だから、時々飲んで居たんですが、食が少いから涸れ勝なんです。私を仰向けにして、横合から胸をはだけて、……まだ袷、お雪さんの肌には微かに紅の気のちらついた、春の末でした。目をはずすまいとするから、弱腰を捻って、髷も鬢もひいやりと額にかかり……白い半身が逆に成って見えましょう。……今時……今時……そんな古風な、療治を、禁厭を、するものがあるか、とおっしゃいますか。ええ、おっしゃい。そんな事は、まだ其頃ありました、精盛薬館、一二を、掛売が談ずるだけの、余裕があっていう事です。

此のありさまは、一寸物議になりました。主人の留守で。二階から覗いた投機家が、容易ならぬ沙汰をしたんですが、若い燕だか、小僧の蜂だか、そんな詮議は、飯を食ったあとにしようと、徹底した空腹です。

それ以来、涙が甘い。いま其のこぼれるにつけても、さかさに釣られた孤家の女の乳首が目に入って来そうで、従って、ご新姐の身の上に、いつか、おなじ事でもありそうでならなかった。――予感というものはあるものでしょうか。

其の日の中に、果しておなじような事が起ったんです。――それは受取った荷物……荷は籠で、茸です。初茸です。そのために事が起ったんです。

通り雨ですから、すぐに、赫と、まぶしいほどに日が照ります。甘い涙の飴を嘗めた勢で、あれから秋葉ケ原をよろよろと、佐久間町の河岸通り、みくら橋、左衛門橋。――とあの辺から両側には仕済した店の深い問屋が続きますね。其の中に――今思うと船宿でしょう。天井に網を揃えて掛けてあるのが見えました。故郷の市場の雑貨店で、これを扱うものがあって、私の祖父――地方の狂言師が食うにこまって、手内職にすいた出来上りの此の網を、使で持って行ったのを思い出して――もう国に帰ろうか――また涙が出る。と其の涙が甘いのです。餅か、団子か、お雪さんが待って居よう。

〈一銭五厘です。端書代が立替えになって居りますが〉

〈つい、あの、持って来ません〉

〈些細な事ですが、店のきまりはきまりですからな〉

年の少い手代は、そっぽうを向く。小僧は、げらげらと笑って居る。

〈貸して下さい〉

〈お貸し申さないとは申しませんが〉

〈此のしるしを置いて行きます。貸して下さい〉

私は汗じみた手拭を、懐中から――空腹をしめて居たか何うかはお察し下さい――懐中から出すと、手代が一代の逸話として、よい経験を得たように、しかし、汚らしそうに、撮んで拡げました。

〈よう！〉と反りかえった掛声をして、

〈みどり屋、ゆき。――荷は千葉と。――ああ、万翠楼だ。……医師と遁げた、此の別嬪さんの使ですかい、きみは。……ぼくは店用で行って知ってるよ。……果報ものだね、きみは。……可愛がってくれるだろう。雪白肌の透綾娘は、一寸浮気ものだというぜ〉

と言やあがった……

其の透綾娘は、手拭の肌襦袢から透通った、肩を落して、裏の三畳、濡縁の柱によっかかったのが、其の姿ですから、くくりつけられでもしたように見えて、ぬの一重の膝の上に、小児の絵入雑誌を拡げた、あの赤い絵の具が、腹から血ではないかと、ぞっとしたほど、さし俯向いて、顔を両手でおさえて居ました。――漸と小僧が帰った時です。――

〈来たか、荷物は〉

と二階から、力のない、鼻の詰った大な声。

〈初茸ですわ〉

と、きっぱりと、投上げるように、ご新姐が返事をすると、

〈ああ、銭にはならずか――食おう〉

と、また途方もない声をして、階子段一杯に、大な男が、褌を真正面に顕われる。続いて、足早に刻んで下りたのは、政治狂の黒い猿股です。ぎしぎしと音がして、青黄色に膨れた、投機家が、豚を一匹、まるで吸った蛭のように、ずどうんと腰で摺り、欄干に、よれよれの兵児帯をしめつけたのを力綱に縋って、ぶら下るように楫を取って下りて来る。脚気がむくみ上って、もう歩けない。

小児のつかった、おかわを二階へ上げてあるんで、そのわきに西瓜の皮が転がって、蒼

蝿が集って居るのを視た時ほど、情ない思いをした事は余りありません。その二階で、三人、何をして居るかというと、はなをひくか、あの、泥石の紙の盤で、碁を打って居たんですがね。

欠けた瀬戸火鉢は一つある。けれども、煮ようたって醤油なんか思いもよらない。焼くのに、炭の粉もないんです。政治狂が便所わきの雨樋の朽ちた奴を……一雨ぐらいじゃ直ぐ乾く……握り壊して来る間に、お雪さんは、茸に敷いた山草を、あの小石の前へ插しましたっけ。古新聞で火をつけて、金網をかけました。処で、火気は当るまいが、溢出ようが、皆引掴んで頬張る気だから、二十ばかり初茸を一所に載せた。残らず、薄樺色の笠を逆に、白い軸を立てて、真中ごろのが、じいじい音を立てると、……青い錆が茸の声のように浮いて動く。

〈塩は何うした〉

〈ございません〉

〈魚断、菜断、穀断と、茶断、塩断……こうなりゃ鯱立ちだ〉

と、主人が、どたりと寝て、両脚を大の字に開くと、

〈ああ、待ち給え、逆に成った方が、いくらか空腹さが凌げるかも知れんぞ。経験じ

や〉

と政治狂が、柱へ、うんと搦んで、尻を立てた。

〈ぼくは、はや、此の方が楽で、もう遣っとるが〉

と、水浸しの丸太のような、脚気の足を、襖の破れ桟に、ぶくぶくと掛けて居る。

〈幹もやれよ〉

と主人が、尻で尺蠖虫をして、足を又突張って、

〈成程、気がかわっていい、茸は焼けろ、こっちはやけだ〉

其の挙げた足を、どしんと、お雪さんの肩に乗せて、柔かな細頸をしめた時です。

〈ああ、ひもじいを逆にすれば、おなかが、くちいんだわね〉

と真俯向けに、頬を畳に、足が、空で一つに、ひたりとついて、白鳥が目を眠ったようです。

ハッと思うと、私も、つい、脚を天井に向けました。――其の目の前で、

〈男は意気地がない、ぐるぐる廻らなくっちゃあ〉

名工のひき刀が線を青く刻んだ、小さな雪の菩薩が一体、くるくると二度、三度、六地蔵のように廻る……濃い睫毛がチチと瞬いて、耳朶と、咽喉に、薄紅梅の血が潮した。

〈初茸と一所に焼けて了えばいい〉

脚気は喘いで、白い舌を舐めずり、政治狂は、目が黄色に光り、主人はけらけらと笑った。皆逆立ちです。而して、お雪さんの言葉に激まされたように、ぐたぐたと肩腰をゆすって、逆に、のたうちました。

ひとりでに、頭のてっぺんへ流れる涙の中に、網の初茸が、同じように、むくむくと、笠軸を動かすと、私は其の下に、燃える火を思った。

皆、咄嗟の間、ですが、其の、廻って居る乳が、ふわふわと浮いて、滑らかに白く、一列に並んだように思う……

〈心配しないでね〉

と莞爾していった、お雪さんの言が、逆だから、〈お遁げ、危い〉と、いうように聞こえて、其の白い菩薩の列の、一番框へ近いのに――導かれるように、自分の頭と足が摺って出ると、我知らず声を立てて、わッと泣きながら遁出したんです。

路地口の石壇を飛上り、雲の峰が立った空へ、桟橋のような、妻恋坂の土に突立った、此の時ばかり、何故か超然として――博徒なかまの小僧でない。――ひとり気が昂ると一所に、足をなぐように、腰をついて倒れました」

天地震動、瓦落ち、石崩れ、壁落つる、血煙の裡に、一樹が我に返った時は、もう屋根の中へ屋根がめり込んだ、目の下に、其の物干が挫げた三徳の如くになって——あの辺も火は疾かった——燃え上って居たそうである。

維——十二年九月一日の大地震であった。

「それがし、九識の窓の前、妙乗の床のほとりに、瑜伽の法水を湛え——」

時に、舞台に於ては、シテなにがし。——山の草、朽樹などにこそ、あるべき茸が、人の住う屋敷に、所嫌わず生出ずるを忌み悩み、ここに、法力の験なる山伏に、祈禱を頼もうと、橋がかりに向って呼掛けた。これに応じて、山伏が、先ず揚幕の裡にて謡ったのである。が、鷺玄庵と聞いただけでも、思いも寄らない、若く艶のある、然も取沈めた声であった。

幕——揚る。——

「——三密の月を澄ます所に、案内申さんとは、誰ぞ」

すらすらと歩を移し、露を払った篠懸や、兜巾の装は、弁慶よりも、判官に、寧ろ新中納言が山伏に出立った凄味があって、且つ色白に美しい。一二の松も影を籠めて、袴は霧に乗るように、三密の声は朗らかに且つ陰々として、月清く、風白し。化鳥の調の冴えがある。

「ああ、婦人だ。……鷺流ですか」

私がひそかに聞いたのに、

「さあ」

一言いった切、一樹が熟と凝視めて、見る見る顔の色がかわるとともに、二度ばかり続け様に、胸を撫でて目をおさえた。

先を急ぐ。……狂言は唯あら筋を言おう。舞台には茸の数が十三出る。が、実は此の怪異を祈伏せようと、三山の法力を用い、秘密の印を結んで、いら高の数珠を揉めば揉むほど、夥多しく一面に生えて、次第に数を増すのである。

茸は立衆、いずれも、見徳、嘯吹、上髭、思い思いの面を被り、括袴、脚絆、腰帯、水衣に包まれ、揃って、笠を被る。塗笠、檜笠、竹子笠、菅の笠。松茸、椎茸、とび茸、おぼろ編笠、名の知れぬ、菌ども。笠の形を、見物は、心のままに擬らえ候え。

「――あれあれ」

女山伏の、優しい声して、

「思いなしか、茸の軸に、目、鼻、手、足のようなものが見ゆる」

と言う。詞につれて、如法の茸どもの、目を剝き、舌を吐いて嘲けるのが、憎く毒々しいまで、山伏は凜とした中にもかよわく見えた。

いくち、しめじ、合羽、坊主、熊茸、猪茸、虚無僧茸、のんべろ茸、生える、殖える。蒸上り、抽出る。……地蔵が化けて月のむら雨に托鉢をめさるる如く、影朧に、のおのおと並んだ時は、陰気が、緋の毛氈の座を圧して、金銀のひらめく扇子の、秋草の、露も砂子も暗かった。

女性の山伏は、いやが上に美しい。

ああ、窓に稲妻がさす。胸がとどろく。

忽ち、此の時、鬼頭巾に武悪の面して、極めて毒悪にして、邪相なる大茸が、傘を半開きに翳し、みしと面をかくして顕われた。しばらくして、此の傘を大開きに開く、鼻を嘯き、息吹きを放ち、毒を嘯いて、「取て噛もう、取て噛もう」と躍りかかる。取着き引着き、十三の茸は、アトを、なやまし、嬲り嬲り、山伏もともに追込むのが定であるのに。

——

「あれえ、毒々しい半びらきの菌が出た、あれが開いたらば嘸ぞ夥多しい事であろう」

山伏の言につれ、件の毒茸が、二の松を押す時である。

幕の裾から、ひょろりと出たものがある。切禿で、白い袖を着た、色白の、丸顔の、あれは、いくつぐらいだろう、這うのだから二つ三つと思う弱々しい女の子で、かさかさと衣ものの膝ずれがする。菌の領した山家である。舞台は、山伏の気が籠って、寂として居る。唯、今まで、誰一人ほとんど跫音を立てなかった処へ、屋根は熱し、天井は蒸して、吹込む風もないのに、かさかさと聞こえるので、九十九折の山路へ、一人、篠、熊笹を分けて、嬰子の這出したほど、思いも掛けねば不気味である。

ああ、山伏を見て、口で、ニヤリと笑う。

悚然とした。

「鷺流？」

這う子は早い。谿河の水に枕なぞ流るるように、ちょろちょろと出て、山伏の裙に絡わると、恰も毒茸が傘の轆轤を弾いて、驚破す、取て噛もう、とあるべき処を、——

「焼き食おう！」

と、山伏の、いうと斉しく、手のしないで、数珠を振って、ぴしりと打って、不意に魂消て、傘なりに、毒茸は膝をついた。

返す手で、

「焼きくおう、焼きくおう」

鼻筋鋭く、頬は白澄む、黒髪は兜巾に乱れて、生競った茸の、のおのおと並んだのに、打振う其の数珠は、空に赤棟蛇の飛ぶ如く閃いた。が、いきなり居すくまった茸の一つを、山伏は諸手を掛けて、すとんと、笠を下に、逆に立てた。二つ、三つ、四つ。――

多くは子方だったらしい。恐れて、魅せられたのであろう。

長上下は、脇座にとぼんとして、唯首の横ざまに傾きまさるのみである。

「一樹さん」

真蒼になって、身体のぶるぶると震う一樹の袖を取った、私の手を、其の帷子が、落葉、いや、茸のような触感で衝いた。

あの世話方の顔と重って、五六人、揚幕から。切戸口にも、楽屋の頭が覗いたが、ただ目鼻のある茸に成って、如何ともなし得ない。其の二三秒時よ。稲妻の瞬く間よ。見物席の少年が二三人、足袋を空に、逆になると、膝までの裙を翻して仰向にされた少女がある。マッシュルームの類であろう。大人は、立構えをし、遁身に成って、声を詰めた。

私も立とうとした。あの舞台の下は火になりはしないか。地震、と欄干につかまって、目を返す、森を隔てて、煉瓦の建もの、教会らしい尖塔の雲端に、稲妻が蛇のように縦にはしる。

静寂、深山に似たる時、這う子が火のつくように、山伏の裾を取って泣出した。

トウン——と、足拍子を踏むと、膝を敷き、落した肩を左から片膚脱いだ、淡紅の薄い肌襦袢に膚が透く。眉をひらき、瞳を澄まして、向直って、

「幹次郎さん」

「覚悟があります」

つれに対すると、客に会釈と、一度に、左右へ言を切って、一樹、幹次郎は、すっと出て、一尺ばかり舞台の端に、女の褄に片膝を乗掛けた。而して、一度押戴くが如くにして、ハタと両手をついた。

「かなしいな。……あれから、今もひもじいわ」

寂しく微笑むと、掻いはだけて、雪なす胸に、殆ど玲瓏たる乳が玉を欺く。

「御覧なさい――不義の子の罰で、五つに成っても足腰が立ちません」

「うむ、起て。……お起ち、私が起たせる」

と、かッきと、腕に其の泣く子を取って、一樹が腰を引立てたのを、添抱きに胸へ抱いた。

「此の豆府娘」

と嘲りながら、さもいとしさに堪えざる如く言う下に、

「若い父さんに骨をお貰い。母さんが血をあげる」

俯向いて、我と我が口に其の乳首を含むと、ぎんと白妙の生命を絞った。ことこと、ひちゃひちゃ、骨なし子の血を吸う音が、舞台から響いた。が、子の口と、母の胸は、見る見る紅玉の柘榴がこぼれた。

颯と色が薄く澄むと――横に倒れよう――とする、反らした指に――茸は残らず這込んで消えた――塗笠を拾ったが、

「お客さん――これは人間ではありません。――紅茸です」

といって、顔をかくして、倒れた。顔はかくれて、両手の十ウの爪紅は、世に散る卍の白い痙攣を起した、お雪は乳首を噛切ったのである。

一昨年の事である。此の子は、母の乳が、肉と血を与えた。いま一樹の手に、ふっくりと、且つ健かに育って居る。

不思議に、一人だけ生命を助かった女が、震災の、あの劫火に追われ追われ、縁あって、玄庵というのに助けられた。其の妾であるか、娘分であるかは何うでもいい。老人だから、楽屋で急病が起って、踊の手練が、見真似の舞台を勤めたというので、よくおわかりになろうと思う。何、何、なぜ、それほどの容色で、酒場へ出なかった。とおっしゃるか？　それは困る、何うも弱ったな。一樹でも分るまい。なくなった、みどり屋のお雪さんに……お聞き下さい。

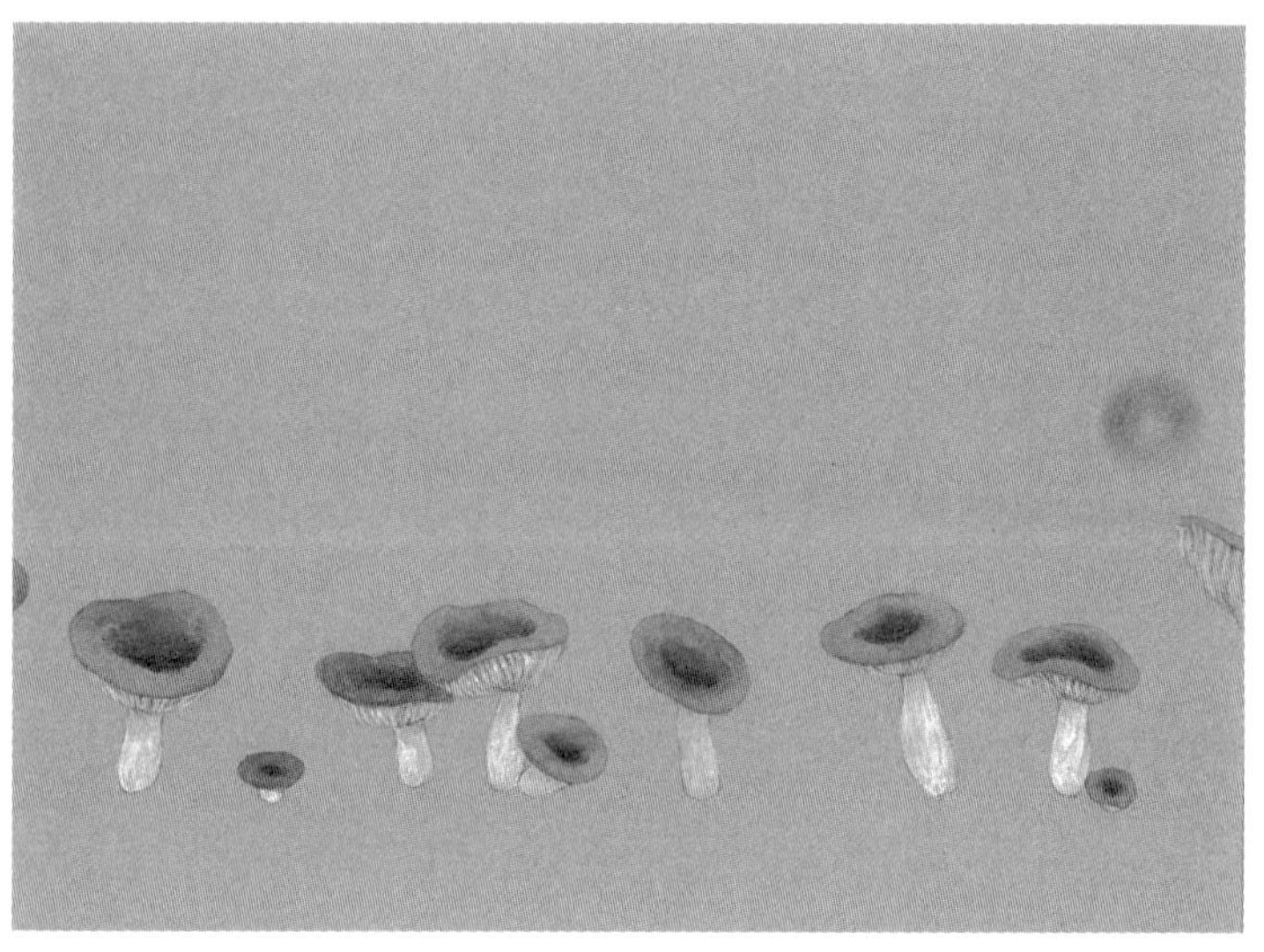

編者解説　きのこ文学者としての泉鏡花

飯沢耕太郎

「きのこ文学研究家」という奇妙な肩書きを名乗り、文章を執筆・発表し始めてからもう二〇年余りになる。最初はきのこをテーマとする小説、詩歌、戯曲、エッセイなどにはどんなものがあるのかという純粋な興味に駆られて、書店や図書館の本棚を漁り始めたのだが、そのうちにすっかり「きのこ文学」の世界に魅了され、のめり込んでいってしまった。目の前に次々に登場してくる作品群の、めくるめく多様性、深みと広がりと奥行きが只事ではなかったからだ。

その探究の過程で、初めからずっと気になっていた作家が泉鏡花である。どこかで鏡花が「茸の舞姫」という小説を書いていることを知り、近くの図書館で『新編　泉鏡花集』第二巻（岩波書店、二〇〇四年）からコピーして読んだのがきっかけだった。一読して「これは凄い」と驚嘆した。これこそが「きのこ文学」の本質を体現した作品であると直感し、他の作品にも当たってみることにした。結果は驚くべきものだった。泉鏡花はきのこが主要なテーマとなる小説を四篇書いている。脇役ではあるが、印象深い登場の仕方をする小説を加えれば、その数はさらに増える。随筆や小文にも、きのこへの深い愛着を感じるものがいくつかある。

数だけでいえば、たとえば宮澤賢治のように、きのこが登場する多くの作品を書き残した作家は他にもいる。だが、泉鏡花の作品は、どれをとっても珠玉の名作揃いだ。そこに、「きのこ文学」の本質、要諦が見事に形をとっていると言い切ってもよい。ではその「きのこ文学」とは、いったいどのようなものなのだろうか。『文學界』(二〇一〇年一月号〜二〇一一年三月号)に「きのこ文学の方へ」と題して連載し、大幅に加筆して『フングス・マギクス——精選きのこ文学渉猟』(東洋書林、二〇一二年)にまとめた論考では、「きのこ文学」について「中間性」「魔術性」「偶有性」「多様性」の四つの観点を踏まえて論じている。

菌類は植物(生産者)でも動物(消費者)でもなく、その「中間」にあって分解者の役目を果たす。また、毒きのこのように、日常と非日常、生と死との境界線上にあって、その両者を媒介することもある。「魔術性」ということでは、古来、幻覚成分を含むいわゆるマジック・マッシュルームがシャーマンたちによって用いられて、魔術的な世界へと人々を誘う力を発揮していた。雨が降った後に、いきなりきのこが大量に発生するように、まったく予想もつかない事態をもたらす「偶有性」もまた、きのこの特質といえる。さらに、その形、色、生態のめくるめく「多様性」は、菌類の最大の魅力の一つといえるのではないだろうか。きのこたちの中には、キヌガサタケ（一二六頁参照）やサンコタケ（一三四頁参照）のように、まるで宇宙から来た生きもののように奇想天外な形態のものもある。

このような「中間性」「魔術性」「偶有性」「多様性」といったきのこの存在原理は、そのまま「きのこ文学」にも投影され、それぞれの形をとって発現しているように思える。泉鏡花の「きのこ文学」作品は、後で詳しく論じるようにその典型といえるだろう。

それにしても、極度の潔癖症で、生肉や刺身は決して食べず、熱燗は煮立ててから飲み、料亭や汽車の車内にもアルコールランプと小鍋を持ち込んでいたという鏡花が、きのこのような清潔とは程遠い生きものに強い愛着を示していたというのが何とも面白い。文学者の多くは、一筋縄ではいかない矛盾を孕（はら）んでいるものだが、鏡花の場合はそれがやや極端な形であらわれているともいえそうだ。

以下、個々の作品に即して、泉鏡花の「きのこ文学者」としてのあり方を見ていくことにしよう。なお、本書の本文では原文の表記を新字新仮名に改めているが、ここでは、鏡花の作品の引用部分に関しては旧仮名表記を用いている。

「化鳥」　初出：『新著月刊』第一号（東華堂、明治三〇年四月）　初刊：『柳筥』（春陽堂、明治四二年四月）

泉鏡花は明治二四（一八九一）年に上京し、尾崎紅葉に入門して作家としての第一歩を踏み出した。毀誉褒貶はあったものの、処女作の「冠弥左衛門（かんむり）」（明治二六年）以来、「義血侠血（ぎけつきょうけつ）」（明治二七年）、「夜行巡査」（明治二八年）、「外科室」（同）、「照葉狂言（てりは）」（明治二九年）などの斬新な小説を次々に発表し、紅葉が主宰する硯友社（けんゆうしゃ）の若手作家として次第に認められていくことになる。

本作「化鳥」は、それら鏡花の初期作品の中でも、彼の小説世界の特異な構造を最もよく指し示すものの一つと言えるかもしれない。この作品の舞台となっているのは、彼の故郷、金沢を流れる浅野川にかかる中ノ橋（通称、一本橋）である。同じく金沢を流れる犀川が男川と称されるのに対して、その穏やかなたたずまいから女川とも呼ばれる浅野川の周辺の眺めは、鏡花の金沢を描いた小説によく登場する。

生家があった尾張町から浅野川を隔てた対岸は、寺院が建ち並ぶ卯辰山（うたつやま）の山麓であり、そこには躑躅（つつじ）や菖蒲（あやめ）や燕子花（かきつばた）が咲き乱れ、亡き母が眠る墓所もある。さらにその奥には医王山、黒壁山、倉ヶ嶽などの山々が続いている。つまり浅野川の中ノ橋は、里（サト）と山（ヤマ）とを隔てる境界上に位置しているということになる。

もう一つ、通行人から橋銭をとって暮らしを立てている母親の姿を、その息子（廉（れん））の視点から描くというこの小説の設定に、九歳の時に母、鈴（すゞ）を亡くしたという鏡花の境遇が色濃く投影されていることは間違いない。「人間も鳥獣も草木も、昆虫類も、皆形こそ変つて居てもおんなじほどのものだ」と教え諭し、川に落ちた息子を救ったのが「大きな五色（ごしき）の翼（はね）があつて天上に遊んで居るうつくしい姉さんだよ」と語りかける「母様（おつかさん）」の姿は、鏡花の憧れと願望を込めて描き出されているといえるだろう。

「化鳥」には、きのこの描写はそれほど多くはない。川で釣りをしている男を「堤防（どて）の上に一本占治茸（いっぽんしめぢ）が生へた」と見立て、「彼処此処（あつちこつち）に五六人づゝも一団（ひとかたまり）になつてるのは、千本しめぢ」と喩（たと）える箇所くらいだ。だが、中ノ橋は、先に書いたように人界（サト）と異界（ヤマ）との「中間」に位置しており、秋に「蕈狩（たけがり）」に出かける時にもその橋を渡っていかなければならない。とすれば、そこに実際にきのこが生えているかどうかということよりも、きのこ的な形象を喚び起こしやすい場所であることが大事なのではないかと思う。そんな目で見ると、学校の女先生、腹のふくれた「鮟鱇博士」、猿回しのじいさんといった、時に辛辣に、時にユーモラスに描かれる登場人物たちもまた、きのこの化身のようにも思えてくるのだ。

◆「清心庵」　初出：『新著月刊』第四号（東華堂、明治三〇年七月）　初刊：『誓の巻』（日高有倫堂、明治三九年一月）

「化鳥」とほぼ同じ時期に書かれた「清心庵」に登場する摩耶の人物像にもまた、泉鏡花の亡き母への思いが結晶している。一八歳だという語り手の千は、幼い頃に母を亡くし、その時期に摩耶と出会った。摩耶はやがて人妻となって千から離れるが、母への恋慕と摩耶へのそれとが分かち難く結びついてしまった彼は、母の縁者であった尼の清心に駄々をこねて、麻耶を山中の庵に呼び寄せる。摩耶は千の願いを受け入れて一緒に暮らすようになる。

泉鏡花は母の死後、父に連れられて松任（現・白山市）の行善寺を訪れ、そこに祀られていた釈迦の生母の摩耶夫人像に強い印象を受ける。その姿を亡き母と重ね合わせた鏡花は、やがて摩耶夫人を深く信仰するようになった。関東大震災後の大正一二（一九二三）年には金沢の仏師にその像を刻ませ、生涯愛蔵したという。本作に登場する摩耶の名が、そこから来ているのはいうまでもない。

「清心庵」は千が庵の近くの山中に出向いて、茸狩りをする場面から始まる。鎌を腰に差し、籠を肩にかけ、草履を履いて「芝茸、松茸、占治、松露など小笹の蔭、芝の中、雑木の奥、谷間に、いと多き山」に入る出立ちには、鏡花自身の卯辰山のあたりでのきのこ採りの記憶が反映しているのだろう。千は採った茸を「山番の爺」に見せるが、彼はその中の紅茸を示してこんなことを言う。

「え、お前様、其奴あ、うつかりしやうもんなら殺られますぜ。紅茸といつてね。見ると綺麗でさ。それ、表は紅を流したやうで、裏はハア真白で、茸の中ぢや一番うつくしいんだけんど、食べられましねえ」

この件は、のちの泉鏡花の「きのこ文学」の展開を考えると、かなり重要な意味を持っている。つまり、次第に明確に形をとってくる鏡花の紅茸という可憐なきのこに対する偏愛が、ここで図らずも露わになっているからだ。いうまでもなく、「茸の中ぢや一番うつくしい」その紅茸の描写には、摩耶、そして亡き母親のイメージが投影されている。ちなみに、紅茸、とりわけドクベニタケと呼ばれる種類のきのこには、確かにムスカリンなどの毒成分が含まれており、腹痛や下痢などの症状を引き起こす。ただし、その作用はそれほど強いものではなく、鏡花が考えていたような致死性のものではない。

「清心庵」には、冒頭のこの部分以外には、きのこは登場してこない。だがきのこたちは、以後も鏡花の文学的想像力に伏流のように潜(ひそ)んでいった。それらはやがて、雨上がりの森の地面に一斉に頭をもたげてくることになる。

◆「茸の舞姫」　初出：『中外』第二巻第五号（中外社、大正七年四月）　初刊：『友染集』（春陽堂、大正八年一月）

「茸の舞姫」は鏡花の「きのこ文学」中の最大傑作であるとともに、古今東西のきのこ小説における白眉であると言い切ってよいと思う。その構想力及び描写の卓抜さはいうまでもないが、先に述べた、きのこの「中間性」「魔術性」「偶有性」「多様性」といった特質が、これほど鮮やかに発現している作品は、おそらく他にはない。

注目すべきなのは、物語の狂言回しの役割を果たす杢若（斎木杢之丞）の人物造形である。杢若は両親を早くに亡くし、「小児の時から大人のやうで、大人になつても小児に斉し」く「馬鹿」「白痴」などと罵られることもある。普段は町医者の食客として暮らしているが、時折姿を消すことがあり、どこに行っていたのかと問われると「実家へだよう」と答える。この「実家」というのは里の意味ではない。「間に大川を一つ隔てた、山から山へ、峯続きを分入」って、「魔の棲むのは其処だ」と言われているあたりのことである。つまり、「杢若」は、里と山、人界と異界／魔界とを自在に往還する人物として描かれているのである。

このような、いわば「中間性」を体現する者が、きのこと相性がいいのは当然というべきだろう。杢若は火食せず、主に果物や野鳥の生肉などを口にしているのだが、最も好むのはきのこ類で、「牛肉のひれや、人間の娘より、柔々として膏が滴る……甘味そのツ」とよだれを垂らすほどだ。また、彼は蜘蛛の巣を絡ませた青竹を、神社の境内で「美しい衣服ぢやが」と称して売っているが、神官の従七位、本田摂理に問われて、草の中にいる「お姫様」がそれを着るのだと語る。「薄紅うて、白うて、美い綺麗な婦人」、その紅茸の姫は「寝る時は裸体」だが、「粧飾す時に、薄らと裸体に巻く宝もの〻美い衣服」が蜘蛛の巣だと言いつのるのだ。

「茸の舞姫」の叙述が最も冴えわたっているのは、その杢若が従七位に語る、山から迎えに来た釣鐘蕈（つりがねたけ）の「親仁（おやぢ）」に誘われて、きのこたちの祭礼を覗き見る場面だろう。そこには湿地茸（しめじたけ）、木茸（きくらげ）、針茸（はりたけ）、革茸（こうたけ）、羊肚茸（いぐち）、白茸（しろたけ）、初茸（はつたけ）などが顔を揃え、紅茸のお姫様の踊りが始まる。

「お姫様も一人ではない。侍女（こしもと）は千人だ。女郎蜘蛛（じよろうくも）が蛇に乗つちや、ぞろ〳〵皆（み）な衣装を持つて来ると、すつと巻いて、袖（そで）を開く。裾（すそ）を浮かすと、紅玉（ルビー）に乳が透き、緑玉（エメラード）に股（もゝ）が映る、金剛石に肩が輝く。薄紅（うすあか）い影、青い隈取（くまど）り、水晶のやうな可愛（かあい）い目、珊瑚（さんご）の玉は唇よ。揃つて、すつ、はらりと、すつ、袖をば、裳（すそ）をば、碧（あゐ）に靡（なび）かし、紫に颯（さつ）と捌（さば）く、薄紅を飜（ひるがへ）す」

ここを読むと、いつでもギュスターヴ・モローが描くサロメの絵（「出現」「ヘロデ王の前で踊るサロメ」など）を思い起こしてしまう。薄物に宝石を散らした衣装を身に纏（まと）い、袖や裾を翻して舞い踊るお姫様の描写は、「きのこ文学」の重要な要素でもあるエロティシズムの見事な具現化といえるだろう。

「茸の舞姫」はさらに驚くべき展開を見せる。杢若が歌う「やしこばゞ」の唄に合わせて、それ以前から見え隠れしていた、般若と天狗と狐の面を着けた山伏姿の異形の者たちが踊り出す。「幾千金ですか」と問う声は艶かしい女の声。「銭ではないよ。皆な裸に成れば一反づゝ遣る」と杢若に言われて、三人とも衣装を脱ぎ捨てると、その下は「雪の膚」である。従七位はそれを見て発狂し、その後も十日を置かず、「宝玉の錦」の衣装欲しさに、町内の娘たちが白昼から素裸になって杢若が店を開く番太郎小屋に飛び込んでいくという事態になる。

　ここには、里を支配していた日常の秩序が、きのこの姫や山伏に代表される山の魔術的な力によって攪乱され、アナーキーな混沌状態に陥っていく様が描かれている。杢若という、小児でも大人でもない未分化な存在がその力を引き出したのだ。彼がいわば、きのこたちの代人として振る舞うところに、この物語の妙味があるのではないだろうか。

　付け加えれば、本作の舞台となった神社は、鏡花の生家近くにあって馴染みの場所だった久保市乙剣宮が想定されているようだ。また、杢若が歌う「やしこばゞ」の歌は、金沢地方に伝わる手遊び歌「火婆々」を改変したものである。元は「火婆々火婆々／火ひとつたのむ／火はまだ打たぬ……」という歌詞を、山伏たちによる夏祭りの魔除けの芸能「やしこばゞ（弥彦婆）」の唄に転用しているのだ。このように、鏡花が生まれ育った金沢の地霊を呼び起こすような構成をとったところに、「茸の舞姫」の単なる幻想譚におさまらないリアリティがあるようにも思える。

「寸情風土記」　初出：『新家庭』増刊号（玄文社、大正九年七月）

泉鏡花が生まれ育った金沢に寄せる思いの強さが只ならぬものであったことは、この「寸情風土記」と題するエッセイを読めばよくわかる。

正月の「お買初め」から、さまざまな年中行事や習俗が綴られていくのだが、金沢で歌い継がれている童謡として「茸狩りの唄」が登場してくる。「松みゝ、松みゝ、親に孝行なもんに当れ」というものだが、この「松みゝ」は松茸ではなく初茸を指すのだという。

だが何といっても、秋こそがきのこ狩りのシーズンである。「寸情風土記」に記された秋のきのこの名前を列挙すれば、松茸、初茸、木茸、岩茸、占地いろいろ（千本占地、小倉占地、一本占地）、榎茸、針茸、舞茸、紅茸、黄茸、坊主茸、饅頭茸、鳥茸、鳶茸、灰茸となる。また芝茸は「笠薄樺に、裏白なる、小さな茸」で、宇都宮では金沢の人が好んで採ったため「金沢茸」と称するようになったという。これらのきのこの名前を、立ちどところに挙げることができるというところに、鏡花のきのこ愛の深さがよくあらわれているといえそうだ。

なおこの中には、金沢あたりの呼び名であり、一般的なきのこの和名とは異なるものも含まれている。木茸はキクラゲ、千本占地はシャカシメジ、黄茸はシモコシ、坊主茸はショウゲンジ、饅頭茸はヌメリイグチ、鳶茸はトンビマイタケ、灰茸はハイカグラテングタケ、芝茸はアミタケではないかと思われる。小倉占地は他に類例がなく、どのきのこなのか特定はできない。また、岩茸は菌類ではなく、山の崖などに生える食用の地衣類である。

野口武彦編『新潮日本文学アルバム22　泉鏡花』（新潮社、一九八五年）の「生活・遺品Ⅰ」の項には、蔵書として江戸時代後期の本草学者、坂本浩然（こうねん）の『菌譜』（全六巻）が挙げられている。また手描きの「雑草」「きのこ」の辞典も残されており、鏡花がきのこに博物学的な関心も抱いていたことがわかる。

なお、本書で図版として掲載した川村清一著『原色版　日本菌類図説』（大地書院、一九二九年）について一言述べておこう。川村は一八八一（明治一四）年、岡山県津山市生まれの菌学者で、東京帝国大学理学部植物学科卒業後、帝室林野局を経て千葉高等園芸学校（現・千葉大学園芸学科）の教授を務めた。『原色版　日本菌類図説』は、川村自身が「採集したる際の新鮮なる天然の形態・色沢（しきたく）を彩色図に写生」したきのこの図像を、原色版に製版して印刷したもので、全二四二種がおさめられている。

◆「くさびら」　初出：『東京日日新聞』（毎日新聞社、大正一二年六月二七日付）

新聞に掲載された短い記事だが重要な内容を含んでいる。泉鏡花のきのこ愛の実相が、いくつかのエピソードからよく浮かび上がってくるからだ。

まず、麴町土手三番町の家の座敷に「茸（きのこ）が出た」という話が披露される。湿気の多い座敷の畳の縁（へり）に、「横縦にすツと一列に並んで、小さい雨垂（あまだれ）に足の生えたやうなもの」が群がり出たというのだ。これらのきのこたちに対する「少々癪（しゃく）だが、しかし可笑（おか）しい。可笑いが気味が悪い」という鏡花の反応が興味深い。マイコフィリア（きのこ愛）とマイコフォビア（きのこ嫌悪）が微妙に同居しているということだろう。

後段は、狂言の「茸」の話である。普通は「菌」と書いて、きのこの古名である「くさびら」と読ませるこの山伏狂言は、舞台に登場するきのこたちの姿の面白さ、見栄えのよさもあって、現代でもよく上演されて人気を博している。山伏が「茄子（なすび）の印」を結んで、庭に夥しく発生したきのこを退治しようとするのだが、逆にどんどん増えて「取って噛まう、取って噛まう」と山伏を追い回すという筋立ては単純だが、雨上がりの森などにきのこがあっという間に生え広がる様を見た人々の、驚きと怖れとが投影されているのではないだろうか。

能舞台に登場するきのこの扮装の中には、「紅絹の切に、白い顔の目ばかり出して褄折笠の姿がある」という。この「妖女の艶がある」というきのこは、どうやら紅茸らしい。このあたりの描写は、実際に舞台で見たのではなく鏡花の幻想の産物だろう。その紅茸を「庭に植ゑたいくらゐに思ふ」と鏡花は記している。彼の紅茸への偏愛が、それほどまでに高まっていたことがわかる。

「雨ばけ」　初出：『随筆』創刊号（随筆発行所、大正一二年一一月）

「雨ばけ」は、泉鏡花の他の「きのこ文学」作品とはやや趣を異にしている。題材を中国・唐代の文人、段成式の『酉陽雑俎』から採っているからだろう。「お化け好き」の鏡花は、日本だけではなく、中国の怪談・奇談集にも目を通していた。本編はその成果の一つといえる。

『酉陽雑俎』にはきのこの怪異譚が二篇おさめられている。五七一番の話は、以下のようなものである。匈奴(きょうど)出身で河南(かなん)に住む独孤叔牙(どくこしゅくが)が、下男に言いつけて井戸から水を汲ませたところ、釣瓶が異様に重い。数人がかりで引き上げると、席帽をかぶった人間が乗っていて、大声で笑ってから井戸の中へ落ちていった。席帽だけが残っていたので、庭の樹にかけておくと、雨が降るたびに、帽子から雨垂れが落ちたところには必ず黄色い菌(きのこ)が生えた。

五八三番は、長安の宣平坊(せんぺいぼう)に住む高官が、怪しいきのこの化け物に会う話である。高官がある夜に帰宅しようとすると、驢馬(ろば)を連れた油売りに出会った。道を避けない油売りを先払いの者が殴ると、頭が落ちて、そのまま大きな邸宅の門の中に入っていってしまった。後をついていくと、大きな槐(えんじゅ)の樹下で姿を消した。高官が怪しんで当家の者にそこを掘らせると、大きな蟾蜍(ひきがえる)がいた。樹液が充満した二つの筆鐙(ひっとう)（金属製の筆の被せ物）もあった。その横には宮殿の飾り釘のような白い菌が生えていて、その笠はすでに落ちていた。蟾蜍が驢馬であり、筆鐙が油桶、そして菌が油売りその人だったということだ。油売りが売っていた油を買った人は、その後ことごとく嘔吐や下痢を催したという。

泉鏡花は、この二つの話を合体させて「雨ばけ」を書いた。驢馬が牛になったり、筆鐙が古釣瓶（ふるつるべ）に変えられていたり、「斎藤道三の子孫」という言及があったりするなど、話の内容に多少の異動はある。だが全体的には、『酉陽雑俎』の記述をほぼそのまま踏襲しているといえる。

最も大きな違いは、怪異譚の全体を「小路（こうじ）一面の雨」で包み込み、縹渺（ひょうびょう）たる神韻（しんいん）漂う雰囲気に仕立て上げていることだろう。きのこと雨とは相性がいい。「山家の里にびしょく～と降る、たそがれのしよぼく～雨、雨だ。しぐれが目にうかぶ。……」このラストの一節など、しょぼ降る雨の中で、きのこが大きく育っていく、そんな気配が色濃く漂っている。

「小春の狐」　初出：『女性』第五巻第一号（プラトン社、大正一三年一月）　初刊：『七宝の柱』（新潮社、大正一三年三月）

泉鏡花のきのこ小説のなかでも、最も可憐で哀切な雰囲気が漂う一編。鏡花には加賀・片山津温泉を舞台にした作品がいくつかあるが、本作もその一つで、気ままに温泉宿に滞在している城崎関弥という青年が語り手となる。

ある小春日和の日、関弥は持参したきのこを古女房に安く買い叩かれていた「下界の天女の俤がある」娘、浪路に同情して、きのこ狩りに連れていってくれと頼む。関弥には、少年の頃に、亡き母とよく似た「年上の娘さん」と一緒にきのこ狩りに出かけ、「人界の蕈を忘れて、草がくれに、偏に世にも美しい人の姿を仰いで」強い恋心を抱いたという思い出があった。

関弥と浪路は、温泉の裏山の松林で「小松山さん、山の神さん、何うぞ、茸を頂戴な。下さいな。――」と歌いながら、夢中になってきのこを採り続ける。ところが、その帰り道で会った「魚売の阿媽徒」に、霜こし、合羽占地茸、松露などと思って採ってきたきのこを、「ばゞ蕈」だの「狐の睾丸」だのと悪様に罵られる。どうやら、浪路は狐の化身であり、関弥の望みをかなえるために、毒きのこを「真個の茸」と偽って採らせていたのだ。関弥は「あの宿までもお供して……もし其の茸をめしあがるんなら、屹とお毒味を先へして、血を吐くつもりで居りました。生命がけでだましました。……」と涙ながらに語る波路に心打たれる。

波路の前髪には、きのこ狩りの途中で「奇蹟の如く」こぼれ落ちてきた松葉が、まるで簪のように挿さっていた。

「木の子説法」　初出：『文藝春秋』第八年第九号（文藝春秋社、昭和五年九月）

「木の子説法」は複雑な構成をとる作品であり、泉鏡花の他のきのこ小説とはやや異質に見える。それは、物語の途中に関東大震災という天変地異が挟まり、それが空間的だけでなく、時間的な断絶を引き起こすためだろう。その断絶をつなぎ合わせ、結びつける役目を果たしているものこそ、きのこにまつわるさまざまな形象なのだ。

作家の「私」は、ある日挿絵画家の毛利一樹（本名、幹次郎）と麻布から狸穴あたりに出かけ、ふと見つけた狂言の上演に紛れ込む。「魚説法」に続いて演じられたのは「茸」だった。そこで、きのこたちに惑わされる法力自慢の山伏を演じている「鷺玄庵」なる者は、どうやら女の役者らしい。その舞台を見ながら、「私」は以前一樹から聞いた、彼が「博徒の小僧」をしていたという震災前の出来事を思い出していた。

当時、毛利一樹こと幹次郎は「妻恋坂下」の長屋に寄宿して、着る物もなく、その日の食事にも事欠くような貧乏暮らしをしていた。そのリアルな描写には、鏡花が金沢から上京して尾崎紅葉に師事するまでの窮乏の記憶が反映しているようだ。その家の「ご新姐（しんぞ）」のお雪は、幹次郎より四、五歳年上の「仇（あだ）っぽい婦人（をんな）」で「かなしいなあ」が口癖、幹次郎が眼疾で苦しんでいた時に、目に乳を注ぎ入れるという古風な「禁厭（まじなひ）」をしてくれたこともあった。

博徒の主人と仲間たちは強請（ゆすり）をしようと一芝居打つが、見破られて失敗。四歳の男の子も食あたりで亡くなり、いよいよ苦境に追い込まれていった。ある日、お雪の千葉の実家から荷物が届く。幹次郎が取りに行くと、中身は初茸だった。さっそくきのこを網に逆さに載せ、焼いて食おうとすると塩がない。主人が「魚断（うをだち）、菜断（さいだち）、穀断（こくだち）と、茶断（ちやだち）、塩断（しおだち）……かうなりや鯱（しやつちよこ）立ちだ」と軽口を叩いて、網の上のきのこのように、逆さに寝転んで両足を上に立てると、それにつられるようにお雪も、幹次郎も、仲間たちもみんな逆立ちしてぐるぐる回り始めた。あまりの情けなさに、我知らずその場から逃げ出して坂の上に立った時、突然大地が鳴動し、石垣が崩れ、瓦や壁が落ちてくる。大正一二年九月一日の関東大震災に遭遇したのだ。

話は再び、狸穴の「茸」の舞台に戻る。女山伏がきのこに追われて逃げ出すうちに、舞台の裾から二、三歳に見える弱々しい女の子が這（は）い出してくる。それを見た女山伏は「焼き食はう！」と叫ぶ。それにつられるように、舞台の上のきのこたちも、見物席の少年少女たちも、足を上に立てて逆さになってしまう。女山伏は、毛利一樹に向かって「幹次郎さん」と呼びかける。そして「覚悟があります」と胸をはだけ、俯(うつむ)いて自らの乳首を口に含んで噛みきり、女の子にその血潮を吸わせる。そのまま「お客さん――これは人間ではありません。――紅茸です」と叫んで、舞台に倒れて事切れた。

実はお雪は震災を一人逃れ、鷺流の狂言師の玄庵に助けられていた。娘分として習い覚えた狂言の舞台を、急病の玄庵に代わって演じたのである。舞台に這い出してきた「骨なし子」は、幹次郎との不義の子であった。

「木の子説法」では、「茸の舞姫」にも見られた現生の秩序の攪乱、価値の逆転が、よりラディカルに進行していく。あたかも、逆さに立った初茸が、関東大震災という未曾有の自然災害をもたらしたようにすら思えてしまうのだ。それとともに、紅茸の化身というべきお雪の、乳首を噛み切るという凄絶な自己犠牲の行為が目に焼き付く。むろん、赤い血潮と白い胸というコントラストは強烈にセンシュアルでもある。

以上、泉鏡花のきのこに拘(かか)わる作品を取り上げて論じてきた。そこには、他の「きのこ文学」の書き手には見られない幾つかの特質が見られるのではないかと思う。

ひとつには、鏡花のきのこのイメージがいつでも年上の女性の記憶と結びついていることである。「竜潭譚」（明治二九年）、「高野聖」（明治三三年）などを例に引くまでもなく、年上の美しい女性に愛され、庇護されたいという思いは、きのこを題材とする小説に限らず、常に鏡花の文学世界の底流に流れている。それはむろん、幼い頃に亡くなった母への思慕と重なるものであり、鏡花の「きのこ文学」においては、紅茸という具体的な形をとってあらわれてくる。赤い笠と白い柄を持つ紅茸という特定のきのこへの固執は、常軌を逸するほどであり、確かに他に類を見ないものといえるだろう。

もうひとつは、「茸の舞姫」や「木の子説法」を例にとって論じたように、鏡花にとって、きのこはいつでも異質なもの同士を結びつけ、価値基準を転換する役割を帯びているということだ。きのこたちは、里と山、人界と異界といった空間的な断絶だけでなく、「木の子説法」の関東大震災のような、時間的な断絶すらも軽々と乗り越えていってしまう。ごく初期の作品から、晩年近くまで、鏡花は生涯にわたってきのこというテーマに執着し続けた。先に述べたように、作品の数だけでなく、その深さと広がりと奥行きにおいて、泉鏡花は世界に冠たる「きのこ文学」の作家といえるのではないだろうか。

図版一覧

【著者・編者略歴】

泉鏡花（いずみ・きょうか）

1873年金沢市生まれ。1893年、「京都日出新聞」の「冠弥左衛門」連載でデビュー。主要な作品に、「義血侠血」（1894）、「夜行巡査」（1895）、「外科室」（1895）、「照葉狂言」（1896）、「高野聖」（1900）、「婦系図」（1907）、「歌行燈」（1910）、「天守物語」（1917）などがある。1939年没。近年の選集に、『泉鏡花集成』（ちくま文庫、全14巻、1995-1997）、『鏡花幻想譚』（河出書房新社、全4巻、1995）、『新編 泉鏡花集』（岩波書店、全10巻＋別巻2、2003-2005）、『泉鏡花セレクション』（国書刊行会、全4巻、2019-2020）など、文庫に『外科室・天守物語』（新潮文庫、2023）、『高野聖・眉かくしの霊』、『日本橋』（ともに岩波文庫、2023）、『龍潭譚／白鬼女物語　鏡花怪異小品集』（平凡社ライブラリー、2023）などがある。

飯沢耕太郎（いいざわ・こうたろう）

1954年生まれ。写真評論家、きのこ文学研究家。きのこ関連の著書に、『歩くキノコ』（水声社、2001）、『世界のキノコ切手』（プチグラパブリッシング、2007）、『きのこ文学大全』（平凡社新書、2008）、『マジカル・ミステリアス・マッシュルーム・ツアー』（東京キララ社、2010）、『きのこのチカラ　きのこ的生き方のすすめ』（マガジンハウス、2011）、『フングス・マギクス　精選きのこ文学渉猟』（東洋書林、2012）など、編書に、『きのこ文学名作選』（港の人、2010）、『きのこ文学ワンダーランド』（共著、DU BOOKS、2013）、『世界のかわいいきのこデザイン』（共著、DU BOOKS、2016）、『きのこ漫画名作選』（Pヴァイン、2016）など、監修に、玉木えみ『少女系きのこ図鑑』（DU BOOKS、2013）、玉木えみ『増殖・少女系きのこ図鑑』（DU BOOKS、2015）などがある。

泉鏡花きのこ文学集成

2024年6月15日初版第1刷発行
2024年8月15日初版第2刷発行

著　者　泉鏡花

編　者　飯沢耕太郎

発行者　青木誠也
発行所　株式会社作品社
〒102-0072 東京都千代田区飯田橋2-7-4
TEL.03-3262-9753　FAX.03-3262-9757
https://www.sakuhinsha.com
振替口座00160-3-27183

装　幀　水崎真奈美（BOTANICA）
装　画　飯沢耕太郎「鏡花ときのこ―c」
本文組版　前田奈々
編集担当　青木誠也
編集協力　鶴田賢一郎
印刷・製本　中央精版印刷株式会社

ISBN978-4-86793-032-8 C0093

【作品社の本】

【「新青年」版】黒死館殺人事件

小栗虫太郎　松野一夫挿絵　山口雄也註・校異・解題　新保博久解説

日本探偵小説史上に燦然と輝く大作の「新青年」連載版を初めて単行本化！　「新青年の顔」として知られた松野一夫による初出時の挿絵もすべて収録！　2000項目に及ぶ語註により、衒学趣味（ペダントリー）に彩られた全貌を精緻に読み解く！　世田谷文学館所蔵の虫太郎自身の手稿と雑誌掲載時の異同も綿密に調査！“黒死館”の高楼の全容解明に挑む、ミステリマニア驚愕の一冊！

ISBN978-4-86182-646-7

不思議の探偵／稀代の探偵

『シャーロック・ホームズの冒険』／『マーチン・ヒューイット、探偵』より

アーサー・コナン・ドイル　アーサー・モリスン　南陽外史訳　高木直二編・解説

明治32年に「中央新聞」に連載された『シャーロック・ホームズの冒険』全12作の翻案と、翌33年に同紙に連載された「マーチン・ヒューイット」シリーズからの5作品の翻案。日本探偵小説の黎明期に生み出された記念碑的な作品の数々を、120年以上の時を経て初単行本化！　初出紙の挿絵129点を完全収録！

ISBN978-4-86182-950-5

現代語訳　源氏物語（全四巻）

紫式部　窪田空穂訳

歌人にして国文学界の泰斗による現代語訳。作品の叙事と抒情、気品を保ち柔らかな雰囲気を残す逐語訳と、和歌や平安時代の風俗・習慣への徹底した註釈で、『源氏物語』の世界を深く理解する。五十四帖を全四巻にまとめて刊行。
装画・全帖挿画：梶田半古。

ISBN978-4-86182-963-5、964-2、965-9、966-6

【作品社の本】

出帆

竹久夢二　末國善己解説

「画く よ、画くよ。素晴しいものを」
大正ロマンの旗手が、その恋愛関係を赤裸々に綴った自伝的小説。評伝や研究の基礎資料にもなっている重要作を、夢二自身が手掛けた134枚の挿絵も完全収録して半世紀ぶりに復刻。ファン待望の一冊。

ISBN978-4-86182-920-8

岬　附・東京災難画信

竹久夢二　末國善己解説

「どうぞ心配しないで下さい、私はもう心を決めましたから」
天才と呼ばれた美術学校生と、そのモデルを務めた少女の悲恋。大正ロマンの旗手による長編小説を、表題作の連載中断期に綴った関東大震災の貴重な記録とあわせ、初単行本化。挿絵97枚収録。

ISBN978-4-86182-933-8

秘薬紫雪／風のように

竹久夢二　末國善己解説

「矢崎忠一は、最愛の妻を殺しました」
陸軍中尉はなぜ、親友の幼馴染である美しき妻・雪野を殺したのか。問わず語りに語られる、舞台女優・沢子の流転の半生と異常な愛情。大正ロマンの旗手による、謎に満ちた中編二作品。挿絵106枚収録。

ISBN978-4-86182-942-0

【作品社の本】

夢に追われて

朝比奈弘治

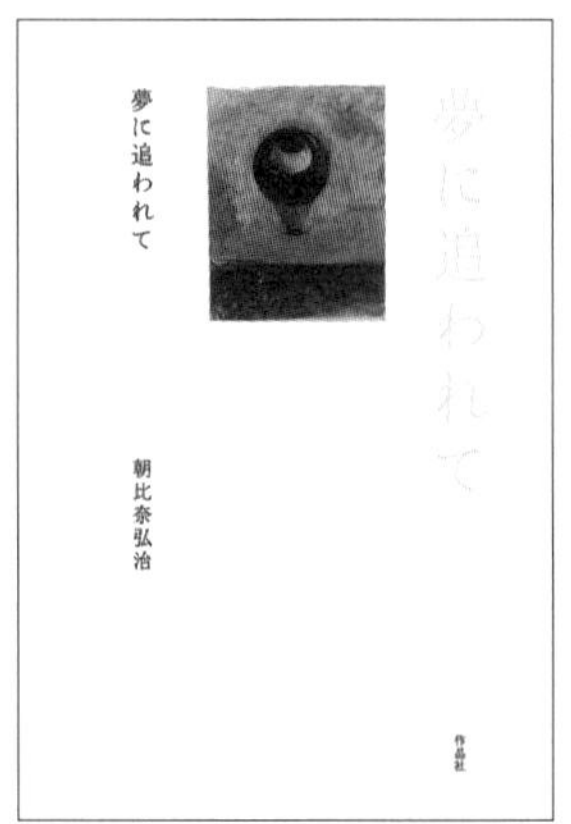

レーモン・クノー『文体練習』を手がけた名翻訳者／フランス文学者による、奇想の小説集。パンデミック後の世界を描く傑作短篇から近未来ディストピア・フィクションまで、驚異とユーモアに満ち満ちた全16篇。

　診察から帰ってきた鈴麗の声は弾んでいた。

「ミミタケなんだって。すごく珍しい、って感心してた」

「何、それ？」

「あのね、耳がキノコになるらしいよ。最初のあれ、真菌性のハナタケだったんだって。気がつかなくて申し訳なかったって頭を?いてたけど、それが耳に来てしまったんだって。それでね、ハナタケがミミタケになったら、もう間に合わないんだって」

「何が？」

「だからさあ、ミミタケになったときは、もう脳の中に菌糸が入り込んでるの。だから治らないんだよ」

（「KINOCCO-19」より）


ISBN978-4-86182-995-6